Un verdor terrible

當我們不再理解世界

Benjamín Labatut
班傑明・拉巴圖特

葉淑吟 譯

目錄

……我們升起，我們跌落。我們可能跌落再升起。失敗會形塑我們。
太晚知道，我們的智慧只是災難，只會導向失去。

——蓋伊・達文波特（Guy Davenport）

普魯士藍

Azul de Prusia

紐倫堡大審判的幾個月前，醫生替赫爾曼・戈林（Hermann Göring）做身體檢查，發現他手腳的指甲都染成鮮紅色。他們以為那顏色來自他使用二氫可待因成癮，他每天都會服用這種止痛藥，數量超過上百顆。根據威廉・柏洛茲（William Burroughs）的說法，這種藥物的作用和海洛因不相上下，比可待因至少強烈兩倍以上，但是又帶有類似古柯鹼的中樞神經興奮劑作用，因此，美國醫生不得不在戈林出席審判之前治療他對藥物的依賴性。這並不容易。同盟國捉到這位納粹首領時，他拖著一個行李箱，裡面不只裝有扮演尼祿時會搽的指甲油，還有兩萬多劑他最愛的毒品，那幾乎是德國在二次世界大戰末期所生產的總量。他用藥成癮不是特例：事實上，整個納粹國防軍都配有自己的冰毒藥片分量。這種藥物的商品名是「柏飛丁」（Pervitin），士兵服用後能夠長保幾個禮拜的清醒，但精神完全失常，狂躁的怒氣伴隨著惡夢般的昏沉，導致很多人無法抗拒席捲而來的興奮感：「絕對的靜默籠罩。一切變得渺小和不真實。我感覺輕飄飄的，重力完全不存在，彷彿飛在自己駕駛的飛機上方。」一位納粹德國空軍駕駛在多年之後寫出這段經歷，他憶起的彷彿是一幅突然間無聲竄出的幸福畫面，而不是戰爭期間生不如死的日子。德國作家海因里希．波爾（Heinrich Böll）當年在前線，他寫過幾封家書，央求家人多寄一點這種藥物：「這裡艱苦萬分。」他在一九三九年十一月九日寫給他的父母說。「我希望你們體諒，我只能每兩、三天寫家書。今天寫信的目的是請你們寄多一點柏飛丁……。我愛你們，海因。」一九四〇年五月二十日，他又寫了一封家書給他們，那是一封熱血澎湃的長信，信尾同樣請求：「能再幫我多買一些柏飛丁嗎？我要當備用。」兩個月後，他父母收到的信，只有一行歪七扭八的字：「如果可能的話，請再寄多一點柏飛丁給我。」時至今日，我們知道冰毒是支撐德國不停進行閃電戰的補給品，許多士兵在嚐到藥片在嘴裡融化的苦味時，卻也飽受精神疾病折磨。相較之下，第三帝國的高層領袖享用的卻是全然不同的滋味，當時同盟國如同狂風暴雨的轟炸澆熄了閃電戰，俄國的冬天凍結了他們坦克車的履帶，納粹元首下令摧毀境內任何有價值的東西，留給入侵的軍隊一片焦土；他們面臨全面戰敗，遭到他們自己召喚至世間的駭人景象所壓垮，於是選擇快速的解決辦法，咬破氰化物膠囊，在毒物發出的甜膩杏仁香氣中窒息身亡。

世界大戰最後幾個月，一股自殺潮席捲德國。光在一九四五年四月，就有三千八百人在柏林自殺身亡。在距離首都北部三小時的路程，有一座叫代明的小村莊，那裡的所有居民陷入集體恐慌，因為撤退的德國軍隊炸毀連結村莊和其他地區的橋梁，他們被圍繞半島的三條河流困住，手無寸鐵面對紅軍的暴行。數百個男人、女人和孩童，在短短三天內相繼尋死。一個又一個家庭腰部綁著繩索，涉水進入托倫瑟河，彷彿玩著拔河遊戲，年紀較小的孩子還揹著裝石頭的學校背包。這場混亂沸騰到了極點，連原本打劫村莊屋舍、放火焚燒建築和強暴婦女的俄軍都接到命令，要求他們遏止自殺潮蔓延；他們曾經三度救回一個試圖自殺的女人，她先是拿老鼠藥灑在餅乾上，讓三個兒子最後一次開心享用，再把他們埋在後花園裡的一棵巨大橡樹下，最後準備上吊；女人最後活了下來，但是他們阻止不了一個小女孩拿割斷父母手腕的同一把小刀切開自己的血管。這股尋死決心同樣蔓延到納粹德國上層：五十三位將軍、十四位空軍，十一位海軍自殺，其中包括教育部長伯恩哈德・魯斯特（Bernhard Rust）、司法部長奧托・蒂拉克（Otto Thierack）、陸軍元帥華瑟・莫德爾（Walter Model）、沙漠之狐埃爾溫・隆美爾（Erwin Rommel），當然，納粹德國元首也在內。其他猶豫不決的人，比如赫爾曼・戈林遭到活捉，不過也只是拖延了無可避免的命運。當醫生宣布戈林已能接受審判後，他被紐倫堡法庭判處絞刑。他要求接受槍決：他不想像個普通罪犯死去。當他知道生前最後的願望遭到否決，就咬破他偷藏在髮油瓶裡的氰化物膠囊自盡，他在瓶子旁留下一張紙條，交代他親自處死自己，如同「偉大的漢尼拔」。同盟國試圖抹去他曾存在的一切痕跡。他們清除他嘴唇上的玻璃碎片，拿走他的衣物和個人物品，把他赤條條的屍體送到慕尼黑東部陵園公墓的市立火葬場，就在那裡的一個熊熊燃燒的火爐火化，戈林的骨灰和其他數以千計人的骨灰混在一起，其中包括在斯托爾海姆監獄遭斬首的政治犯、反對納粹政府分子、死於「T4行動」計劃毒手的殘疾孩童和精神病患，以及無數慘死在集中營的罹難者。他的屍體燒剩的部分，在大半夜撒進了文茨巴赫河中，這是從一張地圖上隨機選中的小河，為的是防堵他的墳墓成為後代的朝聖地。但是一切努力都是枉然：時至今日，世界各地的收藏家依然交換著這最後一位偉大的納粹領袖的個人所屬物品，他不但曾擔任納粹德國空軍總司令，更是希特勒的欽定接班人。二〇一六年六月，有個阿根廷人花了三千多歐元，買下這位納粹帝國元帥的一條絲質內褲。幾個月後，這個人又花費兩萬六千歐元買了戈林的鋅銅製盒，也就是藏有他在一九四六年十月十五日用牙齒咬破的氰化物膠囊的盒子。

納粹黨的菁英，都在城市淪陷之前，也就是一九四五年四月十二日最後那場柏林愛樂管弦樂團音樂會結束時，收到類似的膠囊。亞伯特．史佩爾（Albert Speer）是當時的戰爭和裝備部長，也是第三帝國御用建築師，他安排了一個相當特別的表演曲目，包括貝多芬的《D大調小提琴協奏曲》，緊接著是布魯克納的第四號交響曲《浪漫》，第三幕是華格納的《諸神的黃昏》，末尾以布倫希爾德的詠嘆調畫下了句點，最後一幕演奏時，女武神在火葬柴堆獻出生命，熊熊大火吞噬人類的世界、瓦哈拉殿堂和戰士，以及整座眾神廟。當觀眾起身走向出口，他們的耳畔還迴盪著布倫希爾德哀痛的哭喊聲，希特勒青年團的德國少年團成員——年紀大約十歲的孩子們，因為青少年都陣亡在街壘——分發裝在籐籃裡的氰化物膠囊，彷彿那是一場儀式的祭品。其中幾顆膠囊送戈林、戈培爾、鮑曼和希姆萊走上絕路，但是許多納粹領導人選擇在咬破膠囊時在頭部補一槍，怕的是劇毒失效，或者並非他們所期望的即刻無痛死亡，而是罪有應得的垂死掙扎。希特勒深信他的劑量非常充足，但他決定拿他寵愛的「金髮美女」試試藥效，這隻德國牧羊犬被他帶到元首地堡後，享受過各種禮遇，並睡在他的床腳下。俄國軍隊已經包圍柏林，一日日逼近他們的地下避難所，所以希特勒寧願殺掉他的寵物，也不願讓牠落入俄軍手中，但是他沒有勇氣親自下手：他要求他的私人醫生在狗嘴裡弄破一顆膠囊。才剛生下四隻小狗崽的母狗立刻斷氣，由一個氮原子、一個碳原子和一個鉀原子組成的氰化物微分子進入牠的血液後，阻斷了牠的呼吸。

由於氰化物作用是立即見效，因此至今只存在一份描述這種毒物的證詞，那是十九世紀初一位叫普拉薩德（M. P. Prasad）的人所留下，他是一位三十二歲的印度金銀匠，他在服毒後及時寫下三行字：「醫生，氰化鉀。我嚐了。舌頭像在燃燒，味道是酸的。」這張紙條在他所租來了結生命的旅館房間的屍體旁找到。這種毒藥是液狀，在德國稱作「普魯士藍」（藍色酸液），非常容易揮發；抵達沸點二十七度之後，空中會瀰漫一股淡淡的杏仁香氣，是甜的但帶著苦味，不是每個人都能分辨得出，需要擁有一種特殊基因才能做到，而人類中有百分之四十的人缺乏這種基因。因為演化的機率，那些在奧斯威辛、馬伊達內克和茂特豪森集中營慘遭齊克隆B毒殺的人，可能有很大比例沒發現毒氣室裡充滿氰化鉀的氣味，剩下的人則是聞到一股香氣，正如同那些策劃咬破膠囊自殺的人嚐到的氣味。

幾十年前，納粹在死亡集中營所使用的毒物是齊克隆A，也就是在美國加州用來噴灑柑橘園的殺蟲劑，或用在消毒成千上萬墨西哥移民進入美國所搭乘的火車的除蝨藥。那些車廂的木頭都染上一種美麗的藍色，至今在奧斯威辛集中營的磚牆某處仍然可以看得到這種顏色；這兩種藥劑其實都含有氰化物，來自一七八二年第一個現代化學合成顏料的普魯士藍。

這種顏料才出現不久，就在歐洲藝術界掀起一陣騷動。普魯士藍靠著低廉的價格，短短不到幾年，完全取代畫家從文藝復興時期起就用來裝飾天使長袍和聖母斗篷的顏料：群青藍，一種最細緻和昂貴的藍色顏料，從阿富汗克查河河谷洞穴的青金岩磨碎提煉。這種礦物在磨成極細的粉末之後，呈現非常深的湛藍色，一直到十八世紀，一名叫約翰．雅各．狄斯巴赫（Johann Jacob Diesbach）的瑞士顏料生產商創造普魯士藍之後，才有辦法以化學方式仿製。狄斯巴赫是無心插柳柳成蔭；他原本想複製胭脂紅，那種需要攪碎百萬隻母胭脂蟲才能萃取的顏料，這種小蟲子寄生在墨西哥和中南美洲的胭脂仙人掌上，牠們十分脆弱，比起蠶更需要費心呵護，只要風吹、雨淋和結霜，都可能傷害牠們泛白的身體，不然就是遭到老鼠、鳥禽或毛毛蟲吞食。牠們腥紅色的鮮血，如同金銀，是西班牙殖民者在美洲村落掠奪的寶物。這種鮮血成為獨占西班牙王冠底色的胭脂紅，持續幾個世紀之久。狄斯巴赫想要打破獨霸局面，他把鉀倒進動物骸骨蒸餾液，那是他的助手，一個叫約翰．康拉德．迪佩爾（Johann Conrad Dippel）的年輕煉金術士所創的蒸餾技術，可是混合的結果並不是胭脂蟲的鮮豔寶石紅色，而是一種光彩奪目的藍色，狄斯巴赫還以為他找到了天空的原始藍色，這種傳說中的藍色是埃及人用來裝飾他們神祇的皮膚的顏色。埃及的祭司守護顏色配方幾個世紀之久，後來遭到一個希臘小偷竊走，但是隨著羅馬帝國隕落永遠失傳。狄斯巴赫把新顏色命名為「普魯士藍」，冀圖把誤打誤撞的發現和他的國家建立一種緊密而永久的連結，他相信他所在的帝國越古超今，而只有技高一籌的人——或許還要有預知能力，才能知道他的國家未來將走向衰落。狄斯巴赫不僅缺乏至高的想像力，也沒有基本的經商本領，因此無福消受他的創新所帶來的實質利益，反而拱手讓給他的贊助人約翰・萊昂哈德・弗里施（Johann Leonhard Frisch），這位鳥類學家、語言學家和昆蟲學家把他的藍色顏料變成了黃金。

弗里施靠著在巴黎、倫敦和聖彼得堡的商店批發「普魯士藍」，累積了萬貫家財。他把賺來的錢用在購買柏林斯潘道附近幾百公頃的土地，在那兒開墾普魯士的第一座生產蠶絲的桑樹園。弗里施熱愛大自然，他寫了一封長信給腓特烈・威廉一世，讚頌小小的蠶獨特的優點；弗里施在信中也提到他在夢中預見一個農業轉型的巨大計畫：他看見帝國境內所有教堂的院子裡長著桑樹，綠寶石色澤的樹葉滋養了蠶的幼蟲。威廉一世採行了他的計畫，不過只是敷衍了事，直到兩百多年過後，才由納粹德國極力推行。納粹在廢棄的土地和住宅社區、學校和墓園、醫院和療養院，以及貫穿新德國的公路兩旁，大量種植了兩百萬棵桑樹。他們分發指南手冊給小農，裡面詳細記載經過國家批准的採集和加工處理蠶蛹的技術；採集之後，要放進鍋子火煮超過三個小時，讓牠們慢慢死於蒸氣，把對珍貴蠶蛹的損害降到最低。這個方法，弗里施已在他的巨作附錄提到，那是他窮盡人生最後二十年光陰所完成的一套十三冊作品，他在裡面憑著一股近乎極致的瘋狂，鉅細靡遺分類三百種德國原生的昆蟲。他在最後一冊囊括田野蟋蟀的完整生命週期，從還是蛹的狀態到公蟋蟀求偶的高歌，那是一種尖銳刺耳的叫聲，像是嬰兒的啼哭。弗里施在描述這種叫聲時，也一併提到如何交配，和母蟋蟀產卵的過程，令他吃驚的是，牠們的卵的顏色極為類似讓他成為富人的顏料，而這種顏料從一開始商業販售起，就被歐洲各地的藝術家使用。

第一幅使用這種顏料的偉大作品，是荷蘭畫家彼得・范德維夫（Pieter van der Werff）在一七〇九年完成的《耶穌的葬禮》。畫中天空的雲朵覆蓋了地平線，而遮蓋聖母憂鬱面容的面紗泛著藍光，映照著圍繞在彌賽亞四周的信徒的哀傷，祂赤裸的身體是如此慘白，照亮跪在一旁的女人的臉龐，她親吻祂的手背、膝蓋，彷彿想用嘴唇燒灼治療鐵釘劃開的傷口。

鐵、黃金、銀、銅、錫、鉛、磷、砷；在十八世紀初期，人類只認識一些純物質。化學尚未與煉金術切割，各種具神祕名字的化合物，如鉍、礬、辰砂和汞合金，就像製造各式各樣意外和驚喜的溫床。比如，迪佩爾若沒到畫坊工作，促成「普魯士藍」的誕生，這種顏色根本不會存在。這位年輕的煉金術士自稱虔敬派神學家、哲學家、藝術家和醫生，儘管批評他的人認為他根本是騙子。他出生於弗蘭肯斯坦堡，那裡位於德國西邊，距離達姆施塔特不遠，他從小魅力非凡，如果待在他的身邊太久就會被他迷惑。他憑著三寸不爛之舌吸引了當代最具分量的科學家，來自瑞典的神祕主義者伊曼紐．史威登堡（Emanuel Swedenborg），讓他成為他最虔誠的門徒，但最後卻和他反目成仇。史威登堡指出，迪佩爾能輕易唆使人背離信仰，再剝奪他們的智力和善性，「最後害他們神思恍惚，自生自滅」。史威登堡曾對他激憤批評，並在文中將他喻為撒旦：「他是最凶殘的惡魔，他沒有任何原則，而是反對所有原則。」他的批評起不了作用，迪佩爾曾因傳布異端思想坐牢七年，在那之後，早已對任何醜聞免疫。他出獄後看破塵世虛榮：拿動物做過無數實驗，不管牠們是活或死，都將牠們凶狠解剖。他的目的是留名青史，成為將靈魂轉換到不同肉體的第一人，他狠毒殘酷，毫無人性，樂在玩弄死在他手上的殘屍，可最後還真的成為傳奇人物。他的著作《肉體生命的病痛與解方》（*Maladies and Remedies of the Life of the Flesh*）是以假名基督信徒德謨克利特（Christianus Democritus）在萊登出版，他聲稱發現了長生不老藥——賢者之石的液體版本，能夠治癒任何慢性病，喝下的人都能長生不死。他想以這個配方換取弗蘭肯斯坦城堡的產權，但他的汁液飄散噁臭氣味，混合了血液、骨頭、鹿角、牛角，和腐壞的蹄，唯一的用途只有殺蟲和防蚊。由於材料的特性，汁液相當黏稠，堪比幾個世紀後德軍在世界大戰使用的瀝青，他們把這種不具致命性的化學藥劑（所以不受日內瓦公約束縛）倒進非洲北部的水井，用以阻撓巴頓將軍的軍隊和他們的坦克車沿著沙漠追擊而來。迪佩爾的長生不老藥的其中一個成分，就是他剛剛製造出的藍色，後來這種藍不僅裝點梵谷《星夜》的夜空，和葛飾北齋的《神奈川沖浪裏》的海水，也裝飾了普魯士軍隊的步兵制服，這種顏色的化學結構彷彿有什麼能喚醒暴力的東西，那是一種暗影，一種從那位煉金術士的實驗遺留下來的汙穢，他肢解活生生的動物，將牠們的殘塊組成可怕的幻想生物奇美拉，妄想以電力讓牠們重生，這些怪物給了瑪麗．雪萊靈感寫下大師巨作《科學怪人》，從她的書中得以窺見科學盲目的進步，而那是人類所創造的最危險藝術。

發現氰化物的化學家便親身經歷這種危險：一七八二年，卡爾．威廉．謝勒（Carl Wilhelm Scheele）拿著一支殘留硫酸的湯匙攪拌一罐普魯士藍，創造出近代最重要的毒藥。他把這種新化合物命名為「普魯士酸」，並立刻察覺它的超強活性力量無窮。他沒料想到的是，在他死後兩百年，也就是二十世紀中，這種化合物廣泛應用在工業、醫療和化學方面，每個月生產足以毒死全世界人類的劑量。謝勒是個天才，但一輩子厄運纏身，最終遭到不公平遺忘；他是化學家，發現最多自然元素礦物（九種，包括他稱作「火氣」的氧氣在內），卻不得不和其他科學家共享他的每一種發現帶來的名聲，他們的天分不如他，但趕在他之前發表了類似的成果。謝勒的編輯花費五年多才出版他的著作，拖延了這位瑞典化學家以愛和嚴謹所完成的作品，他是如此嚴格要求自己，甚至親自嗅聞和口嚐他在實驗室裡得到的新物質。幸好他沒嚐普魯士酸——可能會害他在幾秒內喪命，但這個壞習慣依然害他在四十三歲那年丟掉性命。他過世時肝臟碎裂，從頭到腳布滿化膿的水泡，關節積水無法移動。這也是數以千計的歐洲孩童出現的同樣症狀，因為他們的玩具和糖果都是使用謝勒生產的含砷顏料染色，他不知道顏料的毒性，那是一種寶石綠，顏色如此閃亮誘人，後來變成拿破崙鍾愛的顏色。

拿破崙曾住在聖赫勒拿島上的朗伍德莊園，裝飾房間和浴室的壁紙就是謝勒的綠色，那是一棟陰暗、潮溼和充滿老鼠跟蜘蛛網的屋子，法國皇帝淪為英國人階下囚後，在這裡度過六年的牢獄生活。裝飾他寢室內的顏料，或許能解釋在他過世兩個世紀以後為何頭髮檢測出高濃度的砷，這種毒也可能導致癌症，侵蝕他的胃部，啃出一個如同網球大小的破洞。皇帝在人生最後幾個禮拜飽受折磨，惡疾摧毀了他的身體，速度之快，如同他的軍隊疾如雷電橫掃歐洲：他的皮膚褪成屍體的死灰色，他的雙眼凹陷，失去了光芒，他稀疏的鬍子沾滿嘔吐物。他的雙臂失去肌肉，雙腿布滿細小的疤痕，彷彿在眨眼間找回一輩子所受過的刀傷和刮痕。但是拿破崙在島上流亡期間不是唯一患病的人，和他關在朗伍德莊園的一群僕人也是活生生例子，他們經常腹瀉和胃痛，四肢異常腫脹，他們感到一股任何液體都無法紓解的乾渴。其中幾個死於和主子類似的症狀，但是這件事並未嚇阻醫生、園丁，和那棟宅第內的其他侍從激烈爭奪死去皇帝的床單，儘管上面沾染血跡和屎尿，而且一定也被慢慢毒死他的物質污染。

如果砷是個耐心十足的殺人凶手，藏匿在你身體組織的最深處，日積月累好幾年，那麼氰化物會直接奪去你的呼吸。氰化物的濃度一旦夠高，就會猛然刺激頸動脈體的化學受器，引發切斷整個呼吸的反射動作，英國醫學文獻描述像是聽見了「倒抽氣」，緊接而來的是心跳過速、呼吸中止、痙攣和心血管衰竭。因為速度之快，成為許多殺人凶手的最愛毒藥；譬如巫醫拉斯普丁（Grigori Rasputín）的敵人認為他對亞歷山德拉・費奧多羅夫娜下蠱，也就是俄羅斯帝國的最後一位皇后，他們為了解開他下的蠱，在小蛋糕摻入氰化物想毒死他，可是不知道為什麼，拉斯普丁安然無恙。他們為了除掉他，朝他的胸部開三槍，頭部一槍，再拿鐵鍊將他的屍體五花大綁丟進冰冷的涅瓦河。這位瘋癲教士的名聲在毒殺失敗後反而更加響亮，讓皇后和她的四個女兒對他倍感崇敬，甚至派出她們最忠心的僕人從冰天雪地找回遺體，接著在森林深處蓋一座聖壇，好讓那兒的寒冷天氣完美保存遺體，最後當局決定焚屍，那是最能確保他永遠消失的方法。

氰化物不只吸引殺人凶手；數學天才和電腦科學之父艾倫・圖靈（Alan Turing）因為同性戀傾向遭到英國政府迫害，懲罰他接受化學閹割，導致他的乳房發育，最後他咬下一顆注射氰化物的蘋果了結生命。據傳，他是模仿最喜愛的電影《白雪公主》的其中一幕，他在工作時總是會吟唱裡面的對句——「把蘋果浸透毒液，讓沉睡的死亡穿透。」但是那顆蘋果從未被檢測，無從證實自殺的猜測（不過蘋果的種子含有一種能自然釋放氰化物的物質；只要半杯種子就足以殺死一個人），有人相信圖靈是遭到英國安全局暗殺，儘管他曾帶領團隊破解德軍在二次世界大戰的通訊密碼，而這是同盟國獲勝的決定性因素。他的一位傳記作者提到圖靈的死曖昧不清（比如他家中的實驗室裡有一個裝有氰化物的玻璃罐，或者他在夜桌上留下一張手寫紙條，上面只寫著隔天的購物清單），說是他親自策劃，好讓母親相信他的死是意外，不要她承受兒子自殺的沉重包袱。他以獨特的個人風格面對人生所有的古怪荒誕，而這是這個男人最後所能做的瘋狂行徑。譬如，他討厭辦公室同事使用他最愛的杯子，所以他拿來一條鎖鏈，把杯子鎖在一個暖氣爐上，如今那個杯子依然掛在那裡。一九四〇年，正當英國開始準備可能入侵德國的行動，圖靈花掉存款，買了兩塊銀磚埋在工作地點附近的森林裡。他繪製一張密碼地圖，記下埋藏的地點，但是他藏得太隱密，到了大戰尾聲，連他自己使用金屬探測器也找不到在哪裡。他在閒暇時刻喜歡玩「荒島遊戲」，這是盡可能大量自製家用品的遊戲；他製作自己的洗衣劑、香皂和殺蟲劑，可是無法控制殺蟲劑的劑量，所以摧毀了鄰居們的花園。戰爭期間，他每天騎腳踏車前往布萊切利園的解讀密碼中心辦公室，車子的鏈條有問題，但是他拒絕修理。他沒把腳踏車送到維修間，只是簡單計算鏈條還能承受的旋轉次數，在鏈條又要鬆脫的幾秒前從車上跳下來。每逢春季，他的花粉過敏症往往難以忍受，他選擇拿防毒面罩遮住臉（英國政府在大戰開打之初曾發送給全國的人），引起看見他經過的人驚慌，以為攻擊就在眼前。

德國投下燃燒彈轟炸英國似乎在劫難逃。英國政府的一名顧問斬釘截鐵說，一旦發生這種等級的侵略，第一個禮拜的死傷人數就會超過二十五萬，所以包括新生兒在內都會收到為他們特製的面罩。學齡兒童使用的是「米奇老鼠」面罩，這個可笑的名字是為了降低孩子的恐懼，他們聽到木波浪鼓聲後，要在頭上綁好橡皮帶，聞著遮蓋他們臉孔的橡膠臭味，跟隨戰爭部指示的步驟：

屏住呼吸。

把面罩戴在臉上，用大拇指鉤住橡皮帶。

把面罩下巴稍微拉向前。將橡皮帶往上拉，盡可能拉緊。

伸出一隻手指檢查面罩邊緣，注意頭上的橡皮帶是否扭轉。

後來英國並未遭到燃燒彈轟炸，孩子們學會戴上面罩時，往外吹出像是響屁的聲音，但是對參與第一次世界大戰的士兵來說，他們曾在壕溝遭受沙林毒氣、芥子毒氣和氯氣砲彈攻擊，歷歷在目的恐怖遭遇已深深扎進他們那一代人的潛意識。史上第一個大規模摧毀性武器到底引起什麼程度的恐懼，最佳證據就是二次世界大戰期間，所有國家都拒絕使用毒氣。即使美國握有準備布局的大量儲備，英國曾在偏遠的蘇格蘭小島上拿綿羊和山羊群戴上面罩測試炭疽菌。甚至是希特勒，他雖然毫不猶疑在集中營使用毒氣，卻拒絕在打仗時使用，即使他的科學家已經製造將近七千公噸的沙林毒氣，足以摧毀三十個巴黎大小的城市人口。但是希特勒懂毒氣。當他還是個小士兵時，曾在壕溝目睹毒氣的傷害，甚至嚐過一點那種垂死掙扎的滋味。

史上第一次毒氣攻擊發生在比利時伊珀爾的一個小村莊，附近戰壕裡的法國軍隊無人倖免於難。一九一五年四月二十二日禮拜四凌晨，士兵睜眼醒來時看見一朵巨大的綠色雲霧，沿著無人區向他們爬過來。那大約兩個人高度，就像冬天的濃霧一樣化不開，從一邊延伸到另一邊的地平線，一共六公里遠。凡霧氣經過之處，樹木的葉子都枯萎，鳥禽從天空掉下來猝死，草地染成一片病懨懨的鐵灰色。一股類似鳳梨和薰衣草的氣味，搔得士兵的喉嚨直發癢，同時毒氣已經引起他們的肺部黏膜反應，形成鹽酸。霧氣在戰壕逐漸瀰漫開來，上百人紛紛倒下抽搐，被自己的痰淹沒而無法呼吸，嘴巴冒出如同泡沫的黃色黏液，皮膚因為缺氧而泛青。「氣象預報說的沒錯。那天是晴朗的好天氣。那兒有一片草地，在陽光下油亮翠綠。我們應該要野餐，而不是做我們當時在做的事。」斯柏特（Willi Siebert）寫下這段文字，他是打開六千個氯氣筒的其中一名士兵，那一天早上德國人就在伊珀爾傾倒毒氣。「霎時間，我們聽見法國人哀號。短短不到一分鐘，我聽到這輩子聽過的最大量的步槍和機關槍聲響起。法國人的每一座火砲，每一支步槍，每一把機關槍應該都同時射擊了。我從沒聽過這般震耳欲聾的聲響。子彈在我們頭頂上咻咻飛過，真是不可思議的畫面，但是並未阻止毒氣的腳步。風繼續把毒氣吹向法國陣線。我們聽見牛哞叫，馬嘶叫。法國人不停射擊。而他們根本看不到自己在射什麼。大概十五分鐘後，火力開始停歇。過了半小時，只剩下零星的槍聲。這時，一切恢復平靜。不久，霧氣散去，我們跨過空的毒氣筒。眼前籠罩一片死寂。沒有半個逃過死劫。所有的動物都從巢穴出來斷氣。到處都是死掉的兔子、鼴鼠、大小老鼠。空氣中還飄著毒氣的氣味。殘留在僅剩的少數灌木叢間。當我們抵達法國軍隊那兒，壕溝是空的，但是半英哩外，到處都是倒臥的士兵屍體。真是難以置信。不久，我們看見幾個英國人。其中一人的臉和脖子都是掙扎想呼吸時留下的抓傷。另外幾人互相開槍而死。馬還在馬廄裡，還有牛、雞，全部，全部都沒了生命氣息。全部，包括昆蟲也死光了。」

化學家佛列茲．哈伯（Fritz Haber）一手策劃伊珀爾的毒氣攻擊行動，這也是他發明的新型態戰爭模式。哈伯是猶太後裔，絕頂天才，或許在伊珀爾戰場上，只有他能夠了解一千五百名戰死的士兵皮膚轉黑的複雜分子反應。任務成功後，他晉升上尉軍階，領導總參謀部化學部門，並獲得和威廉二世共進晚餐的機會。但是當哈伯回到柏林卻遭遇妻子的抗議。克拉拉．伊梅瓦爾（Clara Immerwahr）是德國首位在某大學獲得化學博士學位的女性，她曾在實驗室目睹拿動物進行毒氣實驗的結果，還經歷丈夫在原野做實驗時風突然改向，差一點失去他。當時，毒氣直接吹向丘陵，而哈伯騎在馬背上，正在那個位置指揮軍隊。哈伯奇蹟式獲救，但是他的一位助手沒能逃過毒霧攻擊；克拉拉眼睜睜看著那個人往後退去，彷彿遇到一群飢餓螞蟻大軍攻擊，最後倒下斷氣。當哈伯從伊珀爾大屠殺凱旋而歸，克拉拉指控他把科學變成邪惡的武器，創造以工業規模殲滅人類的方式，但是他充耳不聞：對來他說，戰爭就是戰爭，死亡就是死亡，不管是用什麼方法。他趁兩天休假，邀請所有朋友來家中作客，他們玩樂到天色破曉，他的妻子在結束後下樓到花園，脫掉鞋子，拿起丈夫的配槍，朝自己胸部開了一槍。她十三歲的兒子聽到槍響後奔下樓梯，她滿身是血，最後死在他的懷中。隔天，還未從驚嚇中恢復的哈伯不得不返回東方前線戰場，監督毒氣攻擊行動。接下來的戰爭日子，他繼續改進釋放毒氣的方法以求最大效益，同時他受到妻子亡魂糾纏。「每幾天到槍林彈雨的前線去，真的對我比較好。在那兒，唯一重要的是當下，唯一的職責是在戰壕裡盡我所能。而一回指揮中心，守在電話旁，我就會聽見我可憐的妻子說過的字字句句在心底迴盪，當我疲憊不堪，就會看見電報上浮現她的臉。我飽受折磨。」

一九一八年第一次世界大戰停戰協定後，哈伯遭同盟國控訴犯下戰爭罪，儘管他們也和軸心國一樣喪心病狂使用毒氣。他不得不逃離德國，躲藏在瑞士，在那兒得知自己在戰爭前不久的新發現獲得諾貝爾化學獎的消息，而往後幾十載，這個發現改變了人類的命運。

一九〇七年，哈伯最先從空氣中提煉出氮——這是植物生長的主要營養素。有了這個發現，肥料短缺問題在眨眼間獲得解決，化解一場二十世紀初前所未見的全球性饑荒；要不是哈伯，當時數以千萬計的人，那些使用像是海鳥糞或硝石這類天然肥料替農作物施肥的農民，可能會死於糧食短缺。過去幾個世紀，歐洲因為一直無法滿足需求，促使英國人遠渡埃及，劫掠古法老王的墓穴，他們尋找的不是黃金、珠寶或古董，而是陪葬尼羅河國王到陰間繼續服侍主人的成千上萬奴隸，他們的白骨含有氮。英國盜墓賊已經偷光所有在歐洲大陸的存量；他們挖走超過三百萬具骷髏，包括死於奧斯特利茨、萊比錫和滑鐵盧戰役的成千上萬士兵和馬匹骨骸，用船隻運送到英國北部的赫爾港，在那裡用約克夏的骨頭絞碎機磨成粉末，替大不列顛島上的田地施肥。在大西洋的另一頭，貧窮的農夫和印地安人撿拾北美大草原上遭屠殺的野牛頭顱，一個接著一個，總共超過三千萬顆，賣給北達科他州骨骸工會，後者把頭顱堆高成一座教堂大小，再運送到工廠磨成粉末和製成肥料，而「骨炭」，是那個時代所能找到的最深色顏料。德國化工巨擘巴斯夫的首席工程師卡爾·博施（Carl Bosch）把哈伯在實驗室獲得的成果，透過工業化製程，在一座規模相當於小城市的工廠中生產數百公噸的氮肥，由超過五萬名工人操作。這套哈伯博施法是二十世紀最重要的化學發現：氮產量加倍後，帶來人口爆發性成長，不到一百年內，人口從十六億人增加到七十億人。今日，我們身體大約百分之五十的氮元素是人工製造，世界超過半數人口倚賴施肥糧食，這都要歸功於哈伯。根據當時報紙評論，如果不是這個男人從「空氣提煉麵包」，現代世界是不可能存在的，儘管他猶如神蹟的發現並不是立即用在填飽飢餓人口的肚子，而是成為德國在一次世界大戰期間製造火藥和炸彈的主要原料，不受英國艦隊切斷他們取得智利硝石管道的影響。因為哈伯的氮，歐洲戰爭又拖延了兩年之久，導致雙邊死傷人數增加至數百萬人。

在這場歹戲拖棚的戰爭裡有一個飽受苦難的人，他是個二十五歲的年輕候補軍官；他夢想成為藝術家，想盡各種辦法逃避當兵的義務，直到一九一四年一月，警察前往慕尼黑的施萊斯海姆大街三十四號找他。他在坐牢的要脅下參加了在薩爾斯堡舉辦的健檢，但是他被宣稱為「不合格，身體孱弱，扛不動武器」。同年八月，當幾千名男人自願入伍參加即將到來的戰爭，這個年輕畫家突然改變了態度：他寫了一封私人請願信給巴伐利亞國王路德維希三世，希望以奧地利人身分加入巴伐利亞軍隊。他隔天就收到許可。

他的軍中同袍都用親切的語氣叫他艾迪，他直接參與的戰役，在德國稱為「無辜大屠殺」，因為短短二十天內就有四萬名剛入伍的年輕人陣亡。他所屬連隊的兩百五十名同袍只有四十名存活下來；艾迪是其中一個。他獲頒鐵十字勳章，晉升為下士，被派任為他所屬軍團的基地信差，因此，接下來幾年他過著遠離前線的舒適生活，閱讀政治叢書，和領養的獵狐㹴福克斯玩在一起。他忙著把休息的時間用在作藍色水彩畫，拿炭筆替愛犬和營地生活畫素描。一九一八年十月十五日，他在無精打采枯等新派令之際，突然因英國人發動的芥子毒氣攻擊而失明，大戰末的最後幾個禮拜，他在波美拉尼亞的帕塞瓦爾克的一座小村莊醫院治病，他感覺雙眼彷彿燒紅的木炭。當他得知德國戰敗消息，威廉二世簽下退位詔書，眼睛再一次失去視力，這次和第一次受毒氣攻擊時非常不同：「我的眼前一片黑暗。我步履蹣跚，摸索著回到病房，倒臥在病床上，把燒熱的頭埋在枕頭底下。」幾年後，他因為發動政變失敗被控叛國，在蘭茨貝格的監獄牢房裡這麼回憶當時。他在牢裡待了九個月，遭仇恨啃噬得體無完膚，他倍感羞辱的是，將軍們膽小如鼠，沒有抵抗到剩下最後一兵一卒，而是選擇投降，接受勝利國所開的條件。他在牢房中編織復仇計畫：他寫下一本關於他的個人奮鬥史，並詳述讓德國凌駕其他國家的計畫，這是如果真的萬不得已他打算去實現的事。在二次世界大戰前，艾迪爬到了國社黨的高層，憑藉著高唱種族主義和反猶太人的演說，登上全德國國家元首位置，而佛列茲・哈伯正傾盡全力，重振祖國失去的榮耀。

哈伯受到氮成功的鼓舞，打算重建威瑪共和國，至於害國家經濟停滯的戰爭賠款，就從海浪提煉黃金來支付吧，這和他榮獲諾貝爾獎的新發現同樣不可思議。他不想引人揣測，因此偽造身分出門，到全世界收集五千種來自不同海洋的海水樣本，包括幾塊北極海冰塊和南極浮冰。他相信可以開採溶於各大海洋的黃金，但是經過幾年努力不懈，他不得不接受他錯估了這種貴金屬的含量。他兩手空空回國。

他回德國後埋首於工作，擔任威廉皇帝化學物理和電化學研究所的所長，此時他四周反猶太的聲浪逐漸高漲。哈伯在學術的庇蔭下，儘管時間短暫，仍和他的團隊開發許多新物質；其中一個是以氰化物為基底做成的殺蟲劑，因為毒性極強，取名叫「齊克隆」，這個字在德文是指颶風的狂風。昆蟲學家第一次使用後都對強效殺蟲劑大感吃驚，他們是用來替一艘往返漢堡和紐約路線的船隻除蝨，之後他們直接寫了一封信給哈伯，稱讚這真是「優雅無比的除蝨過程」。哈伯創立了病蟲害防治協會；之後他發起撲殺臭蟲和跳蚤行動，趕盡殺絕海軍潛艇上和軍隊營地裡的蟑螂和老鼠。哈伯努力對付飛蛾大軍，那些昆蟲襲擊了囤積在全國各個穀倉的麵粉，他在寫給上級的信中提到「一種聖經描繪的天災正威脅德國的生存空間和福祉」，卻不知道他們已經展開追捕所有和哈伯一樣有猶太血統的人。

哈伯在二十五歲那年改信基督教。他是如此深深認同自己的國家和傳統，因此他的孩子們在父親告誡他們該逃離德國時，孩子才得知自己的家族血統。哈伯跟在他們之後逃離，到英國尋求庇護，但是被他的英國同事狠狠拒絕，他們知道他在化學戰扮演的角色。他不得不離開島國，忍著胸口疼痛，想前往巴勒斯坦，然而血管無法再輸送足量的血液到心臟。一九三四年，他逝世於瑞士巴塞爾，死時已裝上擴張冠狀動脈的管狀物，但他並不知道，沒幾年後，納粹使用他協助開發的殺蟲劑在毒氣室殺害他的嫂子、妹夫和他的外甥們，以及其他許許多多的猶太人，他們蹲著死去，肌肉僵硬，皮膚覆蓋紅、綠色斑塊，耳朵流血，口吐白沫，年輕人踩踏孩子和老人，爬上成堆的光裸身體，只為了再多呼吸個幾分鐘，幾秒鐘，因為齊克隆B從屋頂的縫隙倒進來，在地板上積成窪。最後風扇吹散氰化物毒霧，屍體被拖到巨大的火爐焚化。他們的骨灰葬在公墓，倒進河裡和池塘，或當作肥料撒在鄰近的田裡。

佛列茲．哈伯臨死時，身邊僅有少數物品，其中有一封寫給妻子的信。哈伯在信中對她吐露，他感到一種難以忍受的愧疚；然而並非因為他所扮演的角色直接或間接害死那麼多條人命，而是因為他從空氣提煉氮的方法改變了地球生態的平衡，他害怕植物將占領人類所屬的世界。如果世界人口在短短幾十年間減少到現代化以前的水準，植物就能仗著人類留下的過剩養分，肆無忌憚滋長蔓延，直到完全密密層層覆蓋地表，將所有的生命淹沒在那片可怕的鬱鬱蔥蔥之下。

史瓦西奇點

La signularidad de Schwarzschild

一九一五年十二月二十四日，愛因斯坦在柏林公寓住所喝茶時，收到一封從第一次世界大戰戰壕寄來的信。

這封信橫越了烽火連天的大陸；信封髒兮兮、皺巴巴，還沾上泥巴，一角已完全撕開，一片血跡遮去了寄信人的名字。愛因斯坦戴上手套，用小刀拆開拿在手上的信。他在裡面找到一張信紙和一位天才迸出的最後火花：卡爾·史瓦西（Karl Schwarzschild）是天文學家、物理學家，和德國陸軍中尉。

「誠如您所見，戰爭待我相當仁慈，儘管槍林彈雨，但能到您的思想寶地流連，哪怕只是片刻也能逃離這裡的一切。」愛因斯坦讀完朋友的信後目瞪口呆，但不是因為這位德國最為人敬重的科學家正在俄國前線指揮一支砲兵連，也不是他的語帶玄機預告災難即將臨頭，而是他寫在反面的東西：字體極為迷你，愛因斯坦不得不拿放大鏡揭謎，史瓦西捎來的是廣義相對論方程式的第一個精確解。

他不得不反覆重讀幾次。他的相對論是何時發表的？一個月前？還不到一個月？史瓦西如何能在這麼短的時間內求出如此複雜的方程式解？就連他這個發明者也只能找出相近的解答。史瓦西的解法是正確的：完美描述一顆恆星的質量使它周圍的時間和空間變形。

愛因斯坦手中握著解法，但他仍舊無法相信。他知道，要提昇科學界對他的理論的興趣，這些結果至關重要，到目前為止，他的理論只激起極有限的迴響，絕大部分原因是其複雜程度。愛因斯坦原本已放棄有人能用令人滿意的方式解他的方程式，起碼不會在他有生之年。史瓦西身陷砲聲隆隆和毒氣攻擊，竟然還能給出解法，實在是個奇蹟：「我沒想到有人能用這麼簡單的方法求解！」他重拾平靜後，立刻回信給史瓦西，向他保證會儘快將他的成果向科學院發表，卻不知道收信人已撒手人寰。

史瓦西使用很簡單的技巧求解：他分析一顆擁有完美球體的理想化恆星，不自轉也不帶電荷，接著運用愛因斯坦的方程式計算恆星的質量如何改變空間形態，這個方法類似把砲彈放在床上，結果床墊凹陷。

他的度規相當精準，至今依然用來追蹤恆星移動、行星軌道，以及光線在經過一個強引力場時會發生的變形。

但是史瓦西的解法存在某個怪異之處。

對於一般恆星來說是沒問題的；正如愛因斯坦預告，周圍的空間會輕微彎曲，而星體懸在那片塌陷中央，就像兩個孩子睡在布吊床上。可是當很小的區域集中太多質量，問題就發生了，這就像一個巨大的星體耗盡燃能，自身開始塌陷。根據史瓦西的計算，這時候時間和空間不是扭曲，而是撕裂的。這顆恆星變得越來越緊密，密度不斷增加。引力越來越強大，導致空間無限彎曲而塌縮。最終形成一個無處可逃的深淵，永遠與宇宙其他部分隔絕。

這就叫做「史瓦西奇點」。

一開始，連史瓦西自己都放棄這個結果，認為是數學的錯誤。總之，物理充滿各種無限，是紙上的數字，是真實世界物體無法代表的抽象，或者僅是計算上的一個錯誤。他計算的奇點無疑的就是這樣的情形：一個錯誤，一個怪異處，一個形而上的錯亂。

因為難以想像還有其他可能：在他的理想化恆星的一段距離外，愛因斯坦的算式開始出錯：時間停止，空間像蛇一樣盤踞。在奄奄一息的恆星中央，所有的質量壓縮成一個密度無限大的點。對史瓦西來說，這是一個無法在宇宙發現的點。這不僅挑戰常識，讓人懷疑廣義相對論的正確性，更動搖了物理學的基礎：在奇點，空間和時間本身的概念都失去了意義。史瓦西希望替他發現的謎找到一個合乎邏輯的解釋。或許該怪他的聰明才智。因為並沒有完美球形、完全靜止，又不帶電荷的恆星：這種反常，是來自他對世界設下的理想條件，無法在現實中複製。他告訴自己，他的奇點是一頭可怕的怪獸，但是想像出來的，是紙老虎，或傳說的中國龍。

然而，他無法把這個想法趕出腦袋。即使他身陷戰爭的紛亂，奇點依然像塊污漬散落在他的腦海，疊加在戰壕的地獄生活中；他看見它出現在同袍的槍傷，在泥濘中死馬的雙眼，在防毒面罩玻璃的倒影。他的想像困在他的發現中；他驚慌發現，如果他的奇點真的存在，就會持續到宇宙結束。它在理想條件下變成一個永恆的物體，不會擴大也不會縮小，永遠保持在原本模樣。它和其他的東西不同，不會隨著演化改變，想要逃離是加倍困難：在他創造的怪異空間幾何，奇點位在時間的兩端：不管是逃向最遙遠的過去，還是前往最久遠的未來，都會遇見它。史瓦西從俄國寫給妻子的最後一封信的日期，正好是他決定和愛因斯坦分享發現的同一天，他抱怨體內有不尋常的感覺：「我不知道那是什麼，也無法確認，但是有股一種控制不了的力量，遮蔽我的所有思考。那是一種沒有形體和維度的空洞，是看不見的暗影，但是我真的感覺得到。」

不久之後，他的不適侵蝕了他的身體。

一開始，他的病是嘴角長兩顆水泡。一個月後，水泡蔓延到他的雙手、雙腳、喉嚨、嘴唇和生殖器。不到兩個月，他撒手人寰。

軍醫診斷出他得天皰瘡，這種病會造成身體無法辨識且猛烈攻擊自身細胞。治療他的醫生告訴他，這是一種在阿什肯納茲猶太人身上常見的病症，觸發點可能是幾個月前他暴露在一場毒氣攻擊行動。史瓦西在日記裡如此描述：「月亮橫越天空的速度飛快，彷彿時間加速了步伐。我的士兵已經全副武裝，正等待發動攻擊的命令，但是他們覺得那詭異的現象是個壞預兆，我可以看見他們臉上的惶恐。」史瓦西跟他們解釋，月亮的本質並未改變；那只是視錯覺，當輕薄的雲層穿過月亮表面，會讓月亮似乎變大而且更快。他對他們說話時，語氣就像教導自己的孩子一樣輕柔，但還是無法說服他們相信。他自己則是感覺，從戰爭開打以來，一切就以下坡滑行的速度疾速前進。當終於雲開見月，他看見兩個騎士疾速奔馳，一片濃霧在他們後面追趕，彷彿一陣浪濤逼近。那片霧氣瀰漫整個地平線，像是高高聳立的峭壁，遠遠看去似乎靜止不動，但轉眼間纏住了其中一匹馬的腳，那隻動物連帶騎士都倒下斃命。警報聲在整個戰壕迴盪。史瓦西不得不幫忙兩個嚇得動彈不得的士兵，他們無法調整面罩的橡皮帶，而他自己差點來不及戴上自己的面罩防堵正好下降到他們身上的毒氣雲。

戰爭爆發之初，史瓦西已經四十多歲，擔任德國最具權威的天文觀測所所長；光是這兩樣的其中一樣條件，就得以免除上戰場服役。但是史瓦西是具有榮譽心的愛國分子，他和其他成千上萬的德國猶太人一樣，等不及想要展現他的愛國情操。他不聽從朋友的勸告，也不顧妻子的告誡，志願從軍服役。

史瓦西在軍隊同袍情誼的包圍下，感覺自己重回青春歲月，後來他才認識戰爭的真相，並親身經歷現代戰爭的恐怖。史瓦西參與第一場戰役之後——在沒有人要求之下，他找到一套完美修正坦克瞄準系統的方法，那是他本著組裝第一台望遠鏡時同樣的熱誠，在閒暇時間研發出來的，這樣的遊戲和幾個月來的訓練演習，讓他找回童年時那股抑制不住的好奇心。

他在成長過程中始終受到光線吸引。七歲那年，他拆解父親的眼鏡，用報紙把鏡片包起來，接著拿著這個東西讓他的弟弟看見土星環。他經常徹夜不眠，連烏雲密布的夜晚也捨不得睡；他的父親看見孩子盯著黑漆漆的夜空細瞧，憂心的問他在找什麼東西。史瓦西告訴父親，有一顆只有他才看得到的星星躲藏在雲層後面。

他開口閉口都是星體。他生於商賈和藝術世家，是家族的第一位科學家。十六歲那年，他在當時具有權威性的雜誌《天文學通報》發表了一篇雙星系統軌道論的研究。還不到二十歲，已經寫下關於恆星演化的文章——從氣體雲的形成到最後災難性的爆炸，並發明一套測量恆星光度的方法。

他深信，數學、物理學和天文學是一門知識，應該理解成一體。他相信，德國有能力成為一個媲美古希臘的文明強國，但是勢必要把科學拉到哲學和藝術已抵達的高度，因為「我們要如同聖人、瘋子或神祕主義者只懷有一個願景，唯有共同願景，能讓我們解析宇宙組成的形態。」

他小時候有一雙窄距眼睛，大耳朵，小鼻子，細唇和尖下巴。長大後，他有光亮的寬額頭，來不及變禿的稀疏頭髮，充滿智慧的目光，和藏在山羊鬍後的淘氣微笑，如同尼采的厚重鬍子。

他就讀一所猶太學校，用一籮筐沒人知道答案的問題問倒了拉比，讓他們失去耐心：這段《約伯記》的經文到底是什麼意思？「上帝將北極鋪在空中，將大地懸在虛空。」史瓦西迷上土星環的穩定性，他在反覆的惡夢中看見光環一次又一次崩解，當同學們正傷腦筋作業簿上的算數題，他卻在旁邊的空白處計算旋轉流體的平衡狀態。他的父親為了防止他過度沉迷，強迫他上鋼琴課。到第二堂課上完後，史瓦西打開琴蓋，拆掉所有琴弦，想要了解琴音背後的邏輯；他讀了克卜勒的《世界的和諧》（*Harmonice Mundi*），作者相信每個行星都在繞行太陽的軌道上彈奏一曲旋律，我們的聽覺無法辨識球體音樂，但是人類的心智辨得到。

他一直保有讓人驚訝的本領：大學時曾攀爬少女峰，那一次他從山頂觀察日全蝕，儘管他理解引起這個現象的天體運行，卻難以接受像月亮這麼小的天體竟然能讓整個歐洲陷入全然的黑暗。「空間真是奇怪啊，但是更不可思議的是光學和透視的原理，讓一個很小的孩子舉起手指頭就能遮住太陽。」他在寫給在漢堡當畫家的弟弟阿爾弗雷德的信中這麼說道。

他在博士論文裡計算了衛星受行星重力拉扯的變形。地球的質量也會造成月亮表面上的潮汐，類似它對我們海洋的潮汐影響。月球上的潮汐，是一種高達四公尺的岩浪，沿著表面延伸而去。兩個星體之間的引力，以完美的方式同步了它們的繞行週期：像是月亮在行進時繞行地球和繞著自身軸眼，都花費同樣的時間，它的其中一面會永遠背著我們。這個陰暗面，從人類出現到一九五九年為止，一直是隱藏的，直到蘇聯的月球號第一次拍下為止。

史瓦西在庫夫納天文台實習期間，獵戶座肩膀上方的御夫座的一個聯星變回新星，在那幾天成為星空最閃亮的一顆星。這個聯星系統的白亮小星星沉睡了永恆的時間，耗盡了所有的能量之後，開始從一顆巨大的紅色星星同伴吸取燃料氣體，並藉著一次大爆炸，重新獲得生命。史瓦西花了整整三天三夜，不眠不休觀察這顆星星；他認為我們的族群要生存下去，勢必要了解星星災難性的死亡；如果其中一顆靠近地球，可能會摧毀我們的大氣層，毀滅所有的生命。

他滿二十八歲的隔天，成為德國最年輕的大學教授。他被派任為哥廷根大學天文所所長，儘管他拒絕受洗成為基督徒，而那是擔任該職位的先決條件。

一九〇五年，他動身到阿爾及利亞觀察一次全日蝕，但是他沒遵守暴露的時間極限，因而傷了左眼角膜。他戴著眼罩過了好幾個禮拜，摘下時，他發現視野出現兩塊錢馬克硬幣大小的黑影，即使閉上也能看得見。醫生告訴他，傷害已經難以彌補。他的朋友擔心他未來可能有失明危險，危及他的天文學家生涯，他對他們說，他犧牲了一顆眼睛，讓另一顆眼睛能看得深遠，就跟奧丁一樣。

史瓦西彷彿想證明意外並未影響他的能力，這一年他發表了一篇接著一篇文章，著魔似地不停工作。他從研究一顆星星分析能量透過輻射移轉，他研究有關太陽大氣層平衡的資料，描述天體速度的離散程度，設置一套標準的輻射轉移方法，他的腦子不斷圍繞一個又一個題材，沒辦法停下來。亞瑟．愛丁頓（Arthur Eddington）把他喻為游擊隊首領，因為「他的攻擊總是令人出其不意，他帶著一股沒有極限的飢渴，狼吞虎嚥各個領域的知識」。他投注在學術上的狂熱，引起大家心生警戒，他的同事勸他放慢速度，他們害怕燃燒他的那把火，最後會將他焚燒殆盡。史瓦西不理會他們。他並不滿足於物理而已。他渴望一種煉金術士追求的智慧，他焚膏繼晷工作，連自己也不知道該怎麼解釋這種不尋常的動力：「我經常背棄天空。我的興趣絕不僅限於月亮外的太空和那裡現有的東西，而是從那裡織起一條條的線，直抵人類靈魂的最黑暗處，我們要把科學的新的光芒帶到那裡。」

不論做什麼，他總是會多做；有一回，他受弟弟阿爾弗雷德邀約到阿爾卑斯山健行，他命令導遊在冰河交疊處最崎嶇的地點鬆開繩子，害全隊伍的人置身危險。他這麼做，只是為了追上他的兩位同事，和他們討論一起研究的一個程式，而他們停在距離峭壁邊緣不到一公尺處，正拿冰鎬的尖端在高山上的永凍冰層刻符號。他的弟弟氣他如此不負責任，後來不找他攀登高峰，儘管他自己在讀大學時幾乎每逢週末就爬山，跑遍了黑森林的高山。阿爾弗雷德知道大哥的著魔可以到什麼程度：他畢業那年，一場暴風雪把他們困在哈茲山的布羅肯峰頂。為了別凍死，他們不得不蓋避難屋，像童年一樣抱在一起睡覺。他們靠著分食一袋核桃求生，但是當水喝光了，也沒火柴可以溶化冰雪，只得在半夜開始下山，他們只靠著星光指引。阿爾弗雷德膽顫心驚，在下山途中跌倒，儘管並沒有受傷。史瓦西連一步也沒踏錯，彷彿他就是有辦法在漆黑中看得到道路，但是他的右手凍傷，導致神經受損，這是因為他在避難小屋時不斷脫下手套檢視一串橢圓曲線的計算。

他做實驗一樣魯莽：當他取走一個器具的配件，拿去其他器具使用，總不會做任何記錄；如果他急需天文圖，直接就在透鏡的蓋子挖一個洞。當他離開哥廷根，準備去波茨坦天文觀測所當所長，接替他職位的人差一點辭職不幹：

他全面清點設備，檢視在史瓦西帶領下的耗損程度，他發現最大那台望遠鏡的焦平面後方有米洛的維納斯的幻燈片，擺置的方式剛好讓仙后座的星星排列出女神的雙手。

他不善和女人來往。儘管他的身邊總有女學生跟隨，她們稱他為「有著一雙發亮眼眸的教授」，他敢親吻的對象只有未來的妻子埃爾絲・羅森巴赫（Else Rosenbach），而且是向她第二次求婚之後。埃爾絲拒絕他的第一次求婚，是怕史瓦西的追求僅止於欣賞她的聰明才智；史瓦西生性靦腆，在他們漫長的交往期間只碰過她一次，而唯一的那麼一次還是無心之過：他幫她使用一台小型家用望遠鏡對焦北極星時，一隻手擺在她的胸前。他們在一九〇九年結婚，生了一個女兒阿嘉莎和兩個兒子馬汀和阿爾弗雷德。女兒攻讀古典文學，後來成為古希臘哲學專家，大兒子在普林斯頓大學擔任天文講座教授，而小兒子出生時心律異常，心臟瓣膜一直無法閉合，他一輩子遭遇好幾次精神崩潰，由於無法逃離德國，在猶太人開始遭追殺之後選擇了輕生。

隨著第一次世界大戰逼近，史瓦西如同許多生性敏感的人，感到一股大難臨頭的焦慮。他的心底升起一種非比尋常的恐懼：那就像物理學無法解釋星體移動和找到宇宙秩序。「有沒有一個靜止的東西，而宇宙的其他部分是圍繞它生成？或者，在一連串永無止盡的移動中，有沒有可以躲避的地方，在那裡一切彷彿動彈不得？注意！如果人類的想像找不到一個停泊點，世界上的任何一塊石頭是沒有權利不動的！那麼我們會掉入多麼深的不安全感。」史瓦西夢見一個新的哥白尼出現，他打造錯綜複雜的天體力學，並找到駕馭天空星群複雜的軌道系統。他無法忍受二擇一：宇宙只存在倚賴運氣的死星，「它們好比氣體分子，從一頭飛到另外一頭毫無規律，而這樣的混亂開始被奉為一種定律。」他在波茨坦創立了一個巨大的合作網絡，用以盡可能精確地追蹤和記錄超過兩百萬顆星星的移動。他希望不只是了解星體的邏輯，還寄望以某種方式，解開我們最後能探索到哪裡。這是因為，根據牛頓的定義，我們能精準知道兩個被重力綁在一起的星體的移動，但是難以預測的是加入第三個星體。史瓦西相信，根據這一點，我們的行星系從長期看來很大程度上並不穩定。儘管牛頓的定律保證在一百萬年，或甚至十億年，恆星會逐漸脫離它們的軌道，而氣態巨行星會吞噬掉它們的鄰居，地球可能會被推擠出太陽系外，變成孤零零的星體，流浪直到時間的盡頭，除非宇宙空間的形狀不是扁平的。史瓦西早愛因斯坦一步思索宇宙的形狀不只是簡單的三維空間的假設，而是會扭曲和變形的。他在文章《關於宇宙的可能曲率》中，分析我們所居住的宇宙是半球狀的推測，導致銜尾蛇包覆自己那樣的怪異世界的看法：「所以我們會在仙子之地的宇宙看見自己，那也是一座鏡廳，這樣令人毛骨悚然的觀點超越了文明人類的心智所能忍受的程度——因為人類討厭並且會逃離所有不能理解的東西。」一九一〇年，他發現星體有不同顏色，他是第一個使用特殊相機測量星星的人，而那是在波茨坦觀測所的守衛幫忙下製造的（除了他以外唯一在那裡工作的猶太人），他們倆經常把酒言歡到天亮。他把相機架在守衛的掃帚木柄上，接著搖搖晃晃繞圈，從不同角度拍攝照片，確認紅色巨星的存在，那可比我們的太陽還要大上幾百倍。他最愛的是紅寶石顏色那顆，叫心宿二。阿拉伯人叫它「蠍子之心」（Kalb al Akbar）；希臘人認為這顆星是戰神阿瑞斯唯一的敵人。四月時，史瓦西發起到特內里費島一遊，為的是拍下重返地球的哈雷彗星，這顆彗星一直被當成不祥預兆：西元六六年，歷史學家約瑟夫斯這麼描述：「像是一把劍的星星」，它來警告耶路撒冷將被羅馬人摧毀，而一二二二年，它在夜空現蹤，促使成吉思汗侵略歐洲。史瓦西著迷的是，這顆彗星的巨大尾巴——這一次花了六個小時掠過地球，總是指著背離太陽的方向。「是什麼樣的風像發怒的天使，拖著彗星從天空往下墜落、墜落，再墜落？」

四年後第一次大戰爆發，史瓦西是第一批自願從軍的人。

他被派到比利時千年古城那慕爾的軍營，支援德國企圖攻破城外碉堡的轟炸行動。史瓦西已經在氣象站受過訓練，因此被指派帶領這一次攻擊；德軍進攻時意外遇到起霧，濃霧把正午變成黑夜，兩方軍隊在一片黑暗中無法進攻，就怕誤射自己的士兵。他在寫給妻子的信中如此描述：「這個國家的氣候也太混亂和奇怪了，拚命抵抗我們攻占和挑戰我們的知識？」這時他已經花一個禮拜想解決霧氣的影響，或者起碼要能預測起霧的時間。由於出師不利，他的上級決定將軍隊撤退至安全距離，改採大規模的盲目轟炸；他們大肆揮霍砲彈，毫不擔心可能傷及百姓，他們使用軍隊口中的「大貝莎」，也就是四十二公分的巨大榴彈砲發射砲彈，直到這座從羅馬帝國時代就屹立不搖的要塞化為一堆瓦礫。

史瓦西從這裡被轉派到第五軍團的砲兵營，防守法國前線的阿爾貢戰壕。當他向指揮官報到時，他們要他計算兩萬五千枚芥子毒氣榴彈砲的射程，後來榴彈砲在大半夜如雨般掉落在法國軍隊頭上。「他們要我幫忙預測風向和暴雨，是我們挑起戰火。他們想要知道理想的射程，讓我方砲彈擊中敵軍，卻沒看見那橢圓的軌跡會把所有人都拖下地獄。我不想再聽到軍官說，我們離勝利越來越近，這場戰爭就要結束。難道他們沒發現，高高升起終究會墜落？」

儘管深陷戰火紛飛的人間煉獄，他依然沒放棄研究。他隨身攜帶筆記本，就藏在制服下，緊貼著胸口。成為中尉後，他利用職權請人寄來德國出版的最新物理刊物。一九一五年十一月，他在《物理學年鑑》（*Annalen der Physik*）第四十九期讀到廣義相對論的公式，於是開始研究解法，一個月後寄給了愛因斯坦。從那一刻起他開始改變，連寫筆記的方式都受到影響。他的字體越寫越小，甚至小到無法辨識。他在日記和寫給妻子的信裡已不復見當初的愛國情操，取而代之的是大吐苦水，抱怨戰爭毫無意義，和他越來越鄙視上級軍官，隨著他的計算越來越接近奇點，這樣的情況有增無減。當他算出奇點，他已無法再思考其他事：他太過沉迷，在一次敵軍進攻中疏於防守，迫擊砲就在距離他頭頂不到幾公尺的地點轟擊，沒有人知道他是怎麼死裡逃生。

冬季降臨之前，他被派到東邊前線；在路途中碰到的士兵告訴他可怕的平民大屠殺、強暴和大規模流離失所。村莊在一夜之間夷為平地。沒有任何戰略價值的城市直接從地圖消失，彷彿從來不曾存在。軍隊目無軍紀，做出令人髮指的殘暴行為；其中有許多起不知道是哪支軍隊犯下。當史瓦西目睹自己軍團的士兵對著遠處一隻皮包骨的狗練習打靶，那隻狗嚇得直發抖而動彈不得，他感覺內心有個東西碎裂了。他平時素描的題材多是同袍的日常作息或沿途的風景，但景色已隨著日子消逝越來越寒冷和蕭條，此刻變成一頁又一頁的炭筆畫，粗黑的螺旋線條延伸到畫紙之外。十一月底，他的營隊加入了在白俄羅斯科索沃的第十二軍。史瓦西接任帶領一小支砲兵隊。他在那兒寫了一封信給波茨坦大學的同事埃納·赫茨普龍（Ejnar Hertzsprung），信封裡除了他的奇點初稿，他還描述他的皮膚開始長水泡，深深思索戰爭對德國精神帶來的壞影響，史瓦西依然愛他的國家，只是他覺得自己站在深淵邊緣：「我們已攀至文明的頂峰。接下來的路只剩下墜。」

天皰瘡，急性壞死潰瘍性牙齦炎。他的食道長出水泡，無法吞嚥固體食物。他喝水時，嘴巴和喉嚨感到燒紅木炭般的灼熱。史瓦西遭軍隊除名，醫生並宣告他病重，但他依然在解廣義相對論公式，他無法控制腦子轉動的速度，隨著身體被疾病吞噬，速度越來越快了。總之，他這輩子一共發表一百一十二篇文章，產量居二十世紀科學家之冠。最後幾篇文章是在地上完成的，他雙臂懸在病床邊，彎著腰，肚子上全是水泡裂開後留下的疤痕和潰瘍，他的身體彷彿歐洲大陸的縮小版模型。他為了轉移疼痛感，把水泡分類，依照形狀、分布部位，水泡液體的表面張力、爆裂的平均速度，但是他沒辦法放空方程式所開啟的腦袋。

他寫了滿滿三本筆記，上面都是想避開奇點的計算，他想找到解法或他的推論是否有瑕疵。在最後一本筆記中，史瓦西寫下結論，任何物體都可能產生一個奇點，只要它的物質塌縮成不能再小的空間：對太陽來說約是三公里，對地球來說是八毫米，對人體來說平均是0,000000000000000000000001公分。

根據他的度規預測，宇宙基本參數會在這個洞交換性質：空間像時間一樣流動，時間像空間一樣延伸。這樣的扭曲改變了因果關係的規則；史瓦西推測，假如有個旅人能在這個被壓縮的區域存活下來，就能接收到未來的光和訊息，看到還沒發生的事件。如果他沒有被重力拉扯撕裂，抵達深淵的正中央，他將會看到兩個重疊的影像，同時間投射在他頭頂上的一個小圈，就像使用萬花筒所看到的東西：他看到的一個影像是宇宙以一種無法探測的速度在未來的所有演化，另一個是在某個瞬間結凍的過去。

但是怪異的地方不只在區域的內部。在奇點的周圍有一個臨界線，這個界線代表的是一個不歸點。一旦跨越了線，任何東西，不管是恆星或是次原子粒子，都會永遠困在那裡。它會永遠消失，像是跌進一個無底的深井。

幾十年過後，這條線被命名為「史瓦西半徑」。

史瓦西過世後，愛因斯坦獻給他一段弔文，在他的葬禮上朗誦。「他對抗其他人逃避的問題。他熱衷挖掘大自然多重面貌的關聯性，但是他的尋尋覓覓的源頭是愉悅，那種藝術家所感受的愉快，那種預言家分辨未來之路的線索所感到的暈眩。」他對著一小群聚集在他墳前的人這麼說，他們都不知道史瓦西被自己最偉大的發現折磨到什麼程度，連愛因斯坦都不了解當方程式變異時會發生什麼事，而無限似乎是唯一的解答。

年輕的數學家理察・柯朗（Richard Courant）是最後一個和史瓦西面對面談話的人，也是唯一相信奇點對於過世的天體物理學家產生影響的人。

柯朗曾在拉瓦羅斯卡亞受傷：他在戰地醫院遇見史瓦西。這位年輕人曾當過德國當代最具影響力的數學家之一的大衛・希爾伯特（David Hilbert）的助手，因此他立刻認出史瓦西，儘管後者的臉孔已遭疾病啃蝕變形。他靦腆地走近，不明白他這樣權威和才智兼具的人怎麼會被派到危機四伏的戰地。柯朗在他的日記描述，當他告訴史瓦西中尉希爾伯特的研究，看見他那雙在戰地失去光芒的眼睛忽然間亮了起來。他們聊了一整晚。將近破曉時刻，史瓦西告訴他可能發現了斷裂點。

根據史瓦西所說，壓縮到這個程度的物體，最糟的不是空間變形，也不是對時間的詭異影響。他告訴他：「真正可怕的是，奇點是一個盲點，是完全未知的。因為光線無法逃離那裡，我們永遠不可能用眼睛看見光。但是我們也無法用人類的大腦理解，因為廣義相對論的數學會在奇點失效。簡單說來，物理學失去了意義。」

柯朗專注聽他述說。不久，護士來找這位年輕人，準備送他登上返回柏林的車隊，但在這之前史瓦西問他一個他在僅剩日子飽受折磨的問題，雖然這一刻柯朗認為那不過是他的癲想，是一個垂死掙扎士兵的痴狂，瘋癲趁著他疲倦又絕望，占據了他的腦袋。

史瓦西用發抖的聲音對他說，如果這等可怕的事也是物質可能的狀態，那麼人類的心智是否也有對應的東西？如果意志力集中，數以百萬計的人專注在同一個目的，他們的心智壓縮在同樣的精神空間，會不會也出現類似奇點的東西呢？史瓦西不僅相信這是可能的，也相信這是發生在祖國的狀況。柯朗試著安撫他。他對史瓦西說，他沒看到任何他害怕可能會發生的跡象，目前最糟糕的莫過於他們倆所在的戰爭。他提醒史瓦西，人類的精神是比任何數學謎題還深奧的謎團，把物理思維投射在心理學這樣遠的領域不是明智的。但是史瓦西悲慟欲絕。他嘟噥著說了些有關黑色的太陽從地平線升起，可能吞噬整個世界，他哀傷地說我們已愛莫能助。因為他的奇點不能給予警告。那個不歸點——進去就永遠困住的臨界線的另一頭，是無論如何都無法界定的。要是有人跨越那個點，他將失去希望，他的命運將永遠無法改變；他所有的可能路線全都會指向奇點。史瓦西睜著充血的眼睛問他，如果這條臨界線真的是如此，要怎麼知道我們已經跨越了它？

柯朗踏上返回德國的旅程。那天下午史瓦西就斷了氣。

一直到二十多年過後，科學界才接受史瓦西的觀點，認為那是相對論一個無可避免的後果。

史瓦西的朋友愛因斯坦一直努力想祛除他所呼喚出的魔鬼。他在一九三九年發表了一篇論文，名為〈關於許多質量重力的球體對稱的穩態〉，解釋為什麼像史瓦西那樣的奇點不可能存在。「奇點不會存在，很簡單的就是物質不可能那麼絕對塌陷，因為它的基本粒子能達到光速。」愛因斯坦以他向來著稱的智商，利用他的理論的內在邏輯，修補時間和空間畫布上的裂痕，保護災難性的重力塌縮的宇宙。

但是二十世紀最偉大的物理學家的計算是錯誤的。

一九三九年九月一日，納粹坦克也在這一天穿越波蘭邊界，羅伯特．歐本海默（Robert Oppenheimer）和哈特蘭．史奈德（Hartland Snyder）在第五十六期的《物理評論》（*Physical Review*）發表了一篇論文。兩位美國物理學家在文中表示，毫無疑問，「當一顆恆星核能來源耗盡，是足以因重量而塌陷，除非衰變、輻射或排出質量，才可能縮減質量，否則，這種收縮會以無法界定的形態持續下去」，形成史瓦西所預言的黑洞，把宇宙像揉紙團那樣揉皺，使時間像吹熄燭光那樣熄滅，任何物理力量或自然法則都無法避免它的發生。

心中之心

El conrazón del corazón

二〇一二年八月三十一日凌晨，日本數學家望月新一在他的部落格刊登四篇論文。這些超過五百頁的文章包含了證明數論最重要的一個猜想，也就是「abc猜想」（a+b=c）。

至今還沒有人能夠理解這個猜想。

望月孤軍奮鬥了數年，建構出一套前所未見的數論。

他把結果上傳到部落格之後，並未特地宣傳。他沒有寄到專門學術期刊也沒有開記者會介紹。第一個發現他的論文的是玉川安騎男，也就是他在京都大學數學科學研究所的同事，他把論文寄給諾丁漢大學的數論學家伊凡·費先科（Ivan Fesenko），信中只寫了一個問題：

「望月解出了a+b=c？」

費先科把厚厚的四篇論文下載到電腦，等待時幾乎按捺不住內心的焦急。

他花了十分鐘盯著下載進度，接著閉關兩個禮拜鑽研他的證法，叫外賣填飽肚子，直到累得筋疲力竭才睡覺。他回玉川的信只有四個字：

「無法理解。」

二〇一三年十二月，就在望月發表論文的一年後，幾位世界傑出的數學家齊聚牛津，準備大刀闊斧研究他的證法。研究會最初幾天，大家熱血沸騰。日本數學家的推論彷彿就要撥雲見日，就在第三天晚上，網路專門論壇和社群謠傳即將出現一個重大進展。

到了第四天，一切急轉直下。

從某個時間點開始，再也沒有人能繼續跟上日本數學家的論點。這些世界頂尖的數學家一頭霧水，卻沒有人能伸出援手。望月拒絕參加這場研究會。

這套日本數學家獨自建構用在證明猜想的數學新流派，實在過於大膽、抽象和領先當代，一位來自威斯康辛大學麥迪遜分校的數理學家說，當他讀望月的論文時，感覺讀的是來自未來的一張紙：「所有靠近這張紙的人都是聰明人，但是開始分析紙張後，都無法講清楚上面在說什麼。」

只有少數幾個人能夠跟上望月的新流派，就算有人只是了解一部分，他們都說這是一串在數字之外的比值，只用看的根本看不出來。望月在他的部落格寫下：「想要了解我的心血結晶，就必須要關閉原本內建在大家大腦裡的思考模式，也就是那套多年來視為理所當然的模式。」

望月出生於東京，年紀輕輕就因為專注力成名，他的同儕都認為他已到了超乎人類的境界。他從小就有說話的障礙問題，到了青春期情況加劇，甚至到了能聽到他說話簡直是不得了的地步。他也無法承受他人的視線，總是低著頭走路，這個習慣害他變得有點駝背，不過無損他迷人的外表；他有著高額頭、髮油頭，戴著一副巨大的眼鏡，讓他和超人另一面的克拉克．肯特有著驚人的神似。

他年僅十六歲就進入普林斯頓大學就讀，二十三歲那年拿到博士學位。他在哈佛大學待了兩年之後，接受京都大學數學科學研究所的教授一職返回日本，條件是他可以專注研究，不需要授課。兩千年初，他不再參加國際的研討會。接下來幾年，他的活動範圍越來越狹窄。首先，他只在日本境內旅行，之後再也沒離開過京都，最後他僅限在他的公寓和大學的個人小辦公室之間移動。

他的辦公室如同寺廟一樣整潔，從窗戶可以看見大文字山，一年一次，僧侶會在山腰舉辦盂蘭盆節，並焚燒一個巨型雕刻，那是「大」字形狀，輪廓是一個人用力伸展雙臂。這個字含有巨大、高聳和壯觀的意思，表達一種過於浮誇的言辭，類似望月替他的數理新流派的命名，也就是「宇宙際泰希米勒理論」（Inter-Universal Teichmüller Theory）。

「abc猜想」（a+b=c）得到的是數學的根基。這個猜想是關於整數的加法和乘法之間深奧且出人意料的關係。如果正確的話，將是所向無敵的工具，幾乎能自動解決大範圍各類複雜難解的問題。但是望月的野心不僅於此；他不只嘗試解猜想，還自創一種新幾何，迫使人用截然不同的方式來思考數字。山下雄一郎是少數幾個聲稱了解「宇宙際泰希米勒理論」真正境界的人，據他所說，望月創造了一個完整的宇宙，目前為止他是那裡唯一的居民。

望月拒絕接受面訪，他發表實驗成果時也只使用日文，一開始引來猜疑。有人說，一切是他縝密籌劃的陰謀。還有人說，他八成是精神失常，而證據就是他越來越嚴重的社交恐懼症和與世隔絕工作。

到了二〇一四年，事情似乎好轉，望月宣布他將在十一月前往法國的蒙彼利埃大學，在那兒舉辦的一場研討會介紹他的研究成果。門票馬上搶光，校長要以王族成員規格親自接待望月，但後來他並未如期出席研討會。他先是人間蒸發整整一個禮拜，沒有人知道他到底去哪裡，而就在研討會即將開講的前一天，他因為某個誤會，被警衛逐出校園。

回到日本後，望月把他的論文從部落格撤下，威脅將對任何敢公開論文的人展開法律行動。他的言辭過於激動，受到輿論撻伐，但是他的同事們認為，這位日本數學家發現了自己的證法有嚴重的邏輯瑕疵。望月否認這個說法，但是不做任何解釋。他辭去在京都大學的職位，而在關閉部落格之前，他寫下最後一篇文，說即使是數學，也有永遠應該隱藏的東西：「這是為了大家好。」他令人費解和難以捉摸的舉動證實了大家的擔憂：望月不敵格羅騰迪克詛咒。

亞歷山大．格羅騰迪克（Alexandre Grothendieck）是二十世紀最舉足輕重的數學家之一。他以科學史上前所未見的創新奇想，革新了理解空間與幾何的方式，而且不只一次，而是兩次。望月的名聲始於一九九六年，那時他已能夠證實格羅騰迪克提出的其中一個猜想，大學裡認識這位日本數學家的人，都相信他奉格羅騰迪克為導師。

格羅騰迪克曾帶領團隊製作長達幾千頁令人畏懼的巨作，後成為全世界數學家的必讀之作。大多數的學生只學習必要的部分，以便能在他的專業領域繼續前進，但即便如此也要花上好幾年的時間。相反的，望月是在大學時期開始讀格羅騰迪克完整作品的第一冊，接著馬不停蹄一直到讀完最後一冊。

望月在普林斯頓大學的室友金明迥（Minhyong Kim）憶起曾遇過他一連好幾天不吃也不睡後，在大半夜語無倫次。望月筋疲力竭、嘴乾舌燥，講話無法連貫，睜著一雙瞪大彷彿貓頭鷹的眼睛。他講著「心中之心」，這個格羅騰迪克在數學核心所發現的詭異本質，害得他鬼迷心竅。隔天早上，當金明迥問望月是怎麼一回事，後者卻一頭霧水看著他。他完全不記得前一晚發生的事。

一九五八年到一九七三年間，格羅騰迪克像是啟蒙王子主宰數學界，把同代最聰明的人都吸引過來，這些人延後自己的研究計畫，為的是參加一個野心勃勃的極端計畫：解構隱藏所有數學物件的結構。

他進行計畫的方式獨一無二。他能解開「韋伊猜想」（Weil conjecture）四題中的三題，那可是當代最困難的數學謎題，格羅騰迪克對艱澀的數學題沒興趣，對最終答案也興趣缺缺，他愛不釋手的是透悉數學基礎，因此，他圍繞著比較簡單的問題，自創一套複雜的理論架構，派出新概念軍隊重重包圍。格羅騰迪克的推論就像輕柔而持續的力量，讓答案如同花朵自己綻放，以自己的意志出現：「彷彿胡桃泡在水中幾個月後自己打開。」

他所做的就是普遍化，「遠觀」能激發熱情。從足夠遠的距離看，任何難解問題都會變簡單。他感興趣的不是數字、曲線、直線，也沒特別喜歡數學物件：他在乎的只有「它們之間的關係」。他的一位門生呂克·伊呂西（Luc Illusie）回憶：「他對於事物之間的和諧特別敏感。」「他不僅僅引進新技術和證實偉大的定理：他還顛覆我們對數學的思考方式。」

他著迷的是空間，而他最傑出之作是擴展對點的概念。在格羅騰迪克的注視下，不起眼的點不再沒有維度，而是和複雜的內在結構一起沸騰。在那兒，其他人看到的是沒有長、寬、高和體積的東西，格羅騰迪克看到的卻是一整個宇宙。這是自歐幾里德之後再也沒見過的大膽想法。

他花了好幾年時間投注全副精力研究數學，一個禮拜七天，一天十二個小時。他不讀報紙、不看電視，對電影也一無所知。他喜歡長相醜陋的女人、破爛的公寓和老舊的房間。他躲在一個陰冷的辦公室裡工作，牆上的油漆已斑駁脫落，他背對著唯一的窗戶，整個空間只有四樣東西：母親的遺容面具、鐵絲山羊小雕像、裝滿西班牙油漬橄欖的瓶子，和一幅父親的肖像，那是在勒韋爾內集中營所繪製。

亞歷山大．夏皮羅，亞歷山大．塔納羅夫，薩沙，彼得，謝爾蓋。沒有人知道他父親的真實姓名，只知道他曾使用好幾個綽號參加世紀初撼動歐洲的幾場無政府主義運動。他是猶太裔烏克蘭人，十五歲那年和同伴在俄國被沙皇軍隊逮捕和判處死刑。他是同夥中唯一活下來的。整整三個禮拜，他從牢房被拖到刑場，眼睜睜看著同伴是怎麼一個接著一個遭到槍斃。後來他因為年紀小而獲得減輕罪責，改判終生監禁。十年後，他趁一九一七年的俄國革命重獲自由，一頭栽進一連串的密謀活動、機密計畫和革命黨派。他失去左胳膊，不過不知道是某次失手的暗殺，是自殺未遂，還是他手中握的炸彈提早爆炸。他靠著當街頭攝影師糊口。他在柏林認識了格羅騰迪克的母親，兩人一起搬到巴黎。一九三九年，法國維琪政府逮捕他，把他關進勒韋爾內集中營。一九四二年，他被驅逐回國，死在奧斯威辛的一間齊克隆B毒氣室。

格羅騰迪克繼承母親喬安娜的姓氏，她把一生時光奉獻在寫作，不過從未有過機會出版她的小說和詩作。她結識格羅騰迪克的父親時是已婚身分，在一間左派的報社當記者。她拋棄丈夫，跟著新情人加入革命運動。格羅騰迪克五歲時，他的母親將他交給一名反派牧師，以無政府主義分子身分隻身前往西班牙，為第二共和國作戰，之後對抗佛朗哥勢力。共和軍敗退後，她和丈夫逃到法國避難，再從那兒請人去找兒子。法國政府稱喬安娜和她的兒子格羅騰迪克是「不受歡迎的人物」，把他們移送到門德附近的里耶克羅斯集中營，同行的還有其他「外國嫌疑犯」，他們是國際縱隊的逃兵，逃離了西班牙內戰。喬安娜在那裡感染肺結核。戰爭結束時，格羅騰迪克已年滿十七歲。他和母親過著窮苦潦倒的生活，靠著在蒙彼利埃郊外採收葡萄勉強度日，他也就是在這座城市接受高等教育。他和母親的關係親密到近乎病態，後來喬安娜在一九五七年因肺結核復發病逝。

格羅騰迪克還是蒙彼利埃大學的學生時，他的教授洛朗．許瓦茲（Laurent Schwartz）給他看一篇剛發表不久的文章，裡面囊括了十四個懸而未解的數學大難題。他建議格羅騰迪克選一題當畢業論文。年輕的格羅騰迪克認為上課枯燥無味，無法再上下去，過了三個月，他才又回到課堂。許瓦茲問他最後選了哪一題，解到什麼程度。格羅騰迪克卻一頭霧水看著他。他早已全部解開。

儘管每個認識他的人都對他的天賦印象深刻，他要在法國找工作卻不是那麼容易；格羅騰迪克的父母東飄西盪，所以他並沒有國籍。他這個無國籍人士，唯一的身分證件是「南森護照」，把他歸為沒有國家的難民。

他的長相令人印象深刻，身材高瘦，體格健壯，他有個方下巴，寬闊的肩膀，和公牛般的大鼻子。他有著豐潤的嘴唇，嘴角往上揚，給人一種不懷好意的感覺，彷彿他知道其他人絕沒料想到的祕密。他在頭頂開始稀疏之後，乾脆剃個大光頭。他在照片中的模樣看起來就像傅柯（Michel Foucault）。

他是個拳擊好手、巴哈樂迷，也喜歡貝多芬的晚期弦樂四重奏作品，他愛好大自然，尊崇橄欖樹，認為那是「謙遜、長壽且充滿陽光和生命的樹木」，但是對於包括數學在內的世間萬物，他只對寫作忠誠不渝，甚至到了不先寫下來就無法思考的地步。他的狂熱可從某些手稿上鉛筆穿透的痕跡窺見。他計算時，會在筆記本寫下方程式，再尋著筆跡一遍又一遍重寫，把每個符號越描越粗直到無法辨識，因為他喜歡筆芯劃過紙張的感覺。

一九五八年，法國百萬富豪萊昂．莫查納（Léon Motchane）在巴黎近郊創辦法國高等科學研究所，彷彿是為格羅騰迪克的野心所量身打造。當時格羅騰迪克年僅三十歲，他公布一項研究計畫，準備重建幾何學基礎和統合所有數學流派。當代所有的教授和學生都臣服在格羅騰迪克的夢想底下，他高聲講課，下面的人做筆記，補述他的論點，隔天再修改初稿，其中最忠誠的是尚．迪厄多內（Jean Dieudonné），他在太陽還沒升起就起床整理前一天的筆記，因為格羅騰迪克會在八點整踏進教室，而且從走廊走來途中，可能已經在內心和自己討論到一半。這個計畫研討會最後產出好幾本筆記，加起來超過兩萬頁，成功統合幾何學、數論、拓樸學和複分析。

統合數學是一個只有最具野心的人敢追求的夢。笛卡兒是先驅之一，他表示幾何圖形可以用方程式描述。當一個人寫下「$x^2 + y^2 = 1$」，他所描述的是個完美的圓。這個一般式的所有解，代表的都是一個畫在平面上的圓。但是，如果考慮的不只有實數和笛卡兒平面，還有複數向量空間，就會出現一串大小不同的圓，它們彷彿活生生的會移動，且隨著時間增加和演變。格羅騰迪克的天才之處在於，他認為任何一個代數方程式背後都隱藏一個更大的本質。他把這個取名為「概型」（scheme）。這些廣義的概型替每一個解注入生命，後者不過是想像的暗影或投影，一個個冒了出來，彷彿「燈塔旋轉的光在夜晚所勾勒出的岩岸輪廓」。

格羅騰迪克可以為單一的方程式創造一整個宇宙。譬如，他的「拓樸」是挑戰想像極限的無限空間，格羅騰迪克比喻為「寬廣深邃的河流，所有國王的所有馬匹都能夠一起飲水」。如果要思考他的拓樸，需要的是對於空間不同的思考方式，一如五十年前思考愛因斯坦的想法一樣。

他喜愛挑選「正確的字眼」描述他發現的概念，那就像找到一種方法安撫它們，直到熟悉為止，才能澈底理解。譬如，他的「拓樸」讓人想起退潮時平靜溫柔的波浪，大海彷彿靜止的鏡子，表面像是完全伸展的羽翼，或是包裹新生兒的包巾。

他能靠意志力睡覺，控制想要的睡眠時數，接著投注全副精力工作。他可以從早上開始研究一個想法，強迫自己在一盞老煤油燈的相伴下，待在書桌前寸步不離到隔天凌晨。「跟天才工作真是不可思議。」他的朋友伊夫·拉迪格耶利（Yves Ladegaillerie）回憶起他。「我不喜歡這個稱呼，可是沒有其他詞能形容格羅騰迪克。他雖然不可思議，但也令人畏懼，因為他不是一般凡人。」

他的抽象化能力無窮無盡。他可以毫不猶疑躍上更高層樓，有條不紊的研究沒人敢探索的深廣領域。他以層層撥開的方式解題，去蕪存菁，簡化到幾乎什麼都不剩，再從這個看似空無的東西，找到他一直在尋找的結構。

「我在一場座談會上看他演講的第一個印象是，他是來自某個遙遠太陽系的外星文明，被送來我們地球上，肩負催化我們智力進化的使命。」加州大學聖塔克魯茲分校的一位教授如此形容他。然而，儘管格羅騰迪克相當極端，他在抽象化練習所發現的數學景色可不像是人造的。在數學家眼裡，那些景色是自然的，因為格羅騰迪克並未把自己的意志強加在景物上，而是任其自然發展，產出的結果是一種有機的美，彷彿每個想法都以自己的力量開花結果。

一九六六年，他獲頒菲爾茲獎，那就像是數學界的諾貝爾獎，但是他拒絕前往莫斯科領獎，抗議尤里．丹尼爾和安德烈．西尼亞夫斯基被捕坐牢。

他壓倒性的主宰地位持續了整整二十年，以致於另一位卓越的菲爾茲獎得主勒內．托姆（René Thom）承認，他放棄純粹數學是出於感受到格羅騰迪克至高無上的地位「壓迫」。托姆深感喪氣和挫折，然而發展出一套災難理論，描述任何動力系統可能突然失衡和崩潰的七種方式——不管是河流、地質構造變異還是心智犯錯，最後失序陷入混亂。

「鞭笞我的不是野心也不是渴求權力，而是深刻感受到一種非常真實又非常細微的偉大東西。」格羅騰迪克繼續推著抽象化前往越來越極端的界線。他還沒完全征服一個領域，就準備好要再次拓展邊界。他的研究顛峰是「模體」（Motif）的概念：這把火炬足以照亮一個數學物件所有可能的化身。他把這個位於數學宇宙中心的單位稱作「心中之心」，對於那裡我們頂多只認識它遠遠發出的光芒。

大家都認為格羅騰迪克走火入魔，就連和他比較親近的合作者都這麼想。他想要把太陽抓在手中，想要挖掘出能夠統合無數看似沒有任何相關性的理論的祕密之根。大家對他說，那是個不可能的計畫，比較像是妄自尊大之人的痴想，而不是科學研究計畫。格羅騰迪克並沒有聽進去。他往數學基礎挖掘得太深，腦子已經遇到了深淵。

一九六七年，他出遠門兩個月，在羅馬尼亞、阿爾及利亞和越南舉辦一系列研討會。他傳授知識的一所越南學校後來遭到美軍轟炸，造成兩名教授和幾十個學生喪命。他回到法國後，彷彿變了一個人。他受到六八年在他身邊咆哮的學運影響，當他在巴黎薩克雷大學的一堂大師班上，呼喚超過百位學生遠離學習「邪惡危險的」數學，站出去對抗人類所面臨的威脅。他告訴他們，毀滅地球的不是政治人物，而是跟他們一樣的科學家，他們像是「夢遊一般走向世界末日」。

從那天以後，格羅騰迪克如果受邀參加會議，必定要求同等的時間高談生態學和反戰主義，否則一概拒絕。他會在座談會送出從他的花園長出的蘋果和無花果，並提醒科學的破壞力量：「夷平廣島和長崎的原子彈，不是將軍肥胖的手指頭所送出去的，而是一群手握幾個方程式的物理學家。」格羅騰迪克不斷詢問自己對世界的影響。如果有人能達到他所追尋和理解的境界，會發生何等恐怖的事？如果有人能接觸到心中之心，他會做出什麼事？

一九七〇年，當他的名聲、創造力和影響力正值顛峰時，他聽說法國高等科學研究所接受法國國防部的資金，於是辭去了那裡的工作。

接下來幾年，他拋棄家庭，捨棄朋友，拒絕同事，逃離了世界。

「那是個重大的轉折。」格羅騰迪克這麼稱呼四十二歲那年扭轉他人生方向的改變。突然間，他被當代的精神附身：他迷上生態學、軍事工業複合體，以及核子武器擴散。他無視妻子的絕望，在家中創立群落，讓流浪漢、大學教授、嬉皮、和平主義者、革命分子、小偷、僧侶和妓女共處一室。

他變得無法忍受所有布爾喬亞舒適的生活；他拆除屋內地毯，認為那是虛浮的裝飾，他開始製作自己的衣服，拿回收的輪胎製作涼鞋，以粗麻布袋縫製褲子。他不再睡在床上：他睡在一張拆下門鏈的門上面。他只有坐在窮人、年輕人和社會邊緣人之間才感到自在——那些沒有國家的人。

他慷慨地把自己的財產隨心所欲贈送，也很大方使用其他人的財產。有一天，他的一位智利友人克里斯迪安・馬羅（Cristián Mallol）和妻子出門吃晚餐後，回到家發現大門是開的，窗戶更是完全敞開，壁爐燃著火焰，暖氣開到最強。格羅騰迪克全身光溜溜睡在浴缸裡。兩個月後，馬羅收到格羅騰迪克寄來的一張三千塊法郎支票，說是要支付他的花費。

他平日待人和藹可親，但是會突然出現暴力舉動。他在一場在亞維農舉辦的和平主義遊行中衝向交通護欄，一拳打昏兩個試圖阻擋遊行前進的警察，後來遭到十幾位警察棍打制止，不省人事被拖進警局。他在家時，妻子會聽見他用德語喃喃自語許久，最後變成大聲咆哮，那音量震動了窗戶，接下來他陷入沉默，可能好幾天都不開口說話。

「解數學就像做愛一樣。」格羅騰迪克這麼寫道，他的性衝動能和他精神層面的追求匹敵。他一生色誘過的對象有男有女，他和妻子蜜蕾・杜弗（Mireille Dufour）生下三個孩子，他另外還有外遇的兩個孩子。

他創立「生存和生活」組織，投注所有的金錢和心力。他和一群朋友創辦雜誌（儘管幾乎是他執筆），宣揚他對自給自足和保護生態環境的理想。他曾嘗試把盲目跟隨他的數學計畫的人拉進來，可是似乎沒有人認同他的焦急，或忍受他的極端，因為他沉迷的並不是抽象的數字謎題，他關心的是社會的發展，格羅騰迪克以一種幾近愚蠢的無知對抗社會上的問題。

他深信生態環境有一種自我知覺，呼喚他擔負保護的責任；他甚至採集從人行道上水泥縫中冒出的迷你花苞，移植在家中，並仔細照顧。

他開始一個禮拜禁食一次，後來兩次，直到身體習慣了苦行，甚至對皮肉痛幾乎無感：他在加拿大旅行途中拒絕穿鞋子，而是穿涼鞋走過冰層，彷彿先知在荒涼的冰原上沿途傳布好消息。當他騎摩托車發生車禍，不得不開刀，他不願意使用麻醉藥，只接受針灸。這一類行為引起議論紛紛，針對他的批評散布開來，詆毀他的名聲（格羅騰迪克得反擊越來越惡毒的批評），其中最為毒舌的是傳言他喜歡在桶子裡拉屎，以減少對地球的傷害，然後提著桶子到附近穀倉，潑灑糞便作為肥料。

一九七三年，他所創立的群落因為是開放給所有人的公共場所，最後淪為毫無約束之地。首先，警察上門來逮捕兩個日蓮正宗和尚，因為他們的簽證過期，而格羅騰迪克遭控收留違法移民。同樣那個禮拜，一個經常和格羅騰迪克過夜的女孩用他公寓內的窗簾上吊未遂。當格羅騰迪克帶她從醫院返家，卻發現群落成員在院子中央圍著巨大的篝火跳舞，而且拿他的手稿當柴火。格羅騰迪克解散群落，隱退到維勒坎，一座只有十二間屋子的小村莊。

他住在維勒坎的一間小茅屋，過著沒電沒飲用水的生活，屋裡到處都是跳蚤，但是他很快樂，那是一種他從未體驗過的感覺。他買了一輛破舊的車當代步工具，引擎故障後更像破銅爛鐵，板金內部都是孔洞，甚至可以從洞看見道路，而格羅騰迪克總是高速飆車，不過他沒駕照也沒身分證件。

整整五年時間，他從事手工業，沒有大計畫案，幾乎過著與世隔絕的日子。他的兒女沒來看他，他沒有伴侶，不和所有鄰居往來，除了一個十二歲的小女孩，他會幫忙她的算數作業。他花光存款後，開始到蒙彼利埃大學教授數學，以應付他清貧生活的開銷。他課堂上的大學生無法想像，教他們的人像衣衫襤褸的流浪漢，竟是當代的活傳奇，而他們如果太早踏進教室，還會撞見他睡在地板上。

他住在維勒坎期間，全神貫注分析腦袋的想法。結果這一次的轉變卻遠比促使他遠離數學研究的那一次還要劇烈，幾年後，他試著把自我靈性之路的足跡編成密碼清單，而那條路已經越來越背離常理。

一九三三年五月：尋死意志

一九三三年十二月二十七日到三十日：狼的誕生

一九三六年夏天：掘墓人

一九四四年三月：造物主的存在

一九七〇年：放下——任務開始

一九七四年四月一日至七日：真相時刻，踏上靈性之路

一九七四年四月七日：遇見日蓮宗，進入神性

一九七四年七月到八月：律法不足。我放棄天父的宇宙

一九七六年六月到一月：陰的覺醒

一九七六年十一月十五到十六日：形象崩毀，冥思的發現

一九七六年十一月十八日：和我的靈魂重逢，進入尋夢者階段

一九七九年八月到一九八〇年二月：我終於認識父母（欺騙）

一九八〇年三月：發現狼
一九八二年八月：找到尋夢者——重拾童年
一九八三年二月到一九八四年一月：全新生活方式（來到鄉野之後）
一九八四年二月到一九八六年五月：收割與播種
一九八六年十二月二十五日：野獸的「犧牲」
一九八六年十二月二十五日：開始幾場神祕春夢
一九八六年十二月二十八日：死亡與重生
一九八七年一月一日到二日：神祕與奧祕的「綁架」
一九八六年十二月二十七日到一九八七年三月：形而上學夢，夢的智慧
一月八日，一月二十四日，二月二十六日，三月十五日（一九八七年）：
預知夢
一九八七年三月二十八日：上帝的哀愁
一九八七年四月三十日……夢之鑰

一九八三年到一九八六年間，格羅騰迪克寫下《收割與播種：一個數學家對過往的省思和表白》（*Récoltes et Semailles*），這是一部怪異至極的作品，在法國沒有人敢出版。這本書長達數千頁，裡面充滿同行所描述的「數學幻景」，他沉浸在自己的心靈世界，試圖頓悟一切，展現一種驚人的深廣無邊的智慧，在啟迪與偏執之間擺盪，而且越來越黯淡。

《收割與播種》一書的想法一直繞著圈子打轉。作者來回糾纏在同樣的爭執點，渴望達到完美精準。他仔細檢視剛寫下的東西，加以推翻後再花更大的力氣肯定，以某種特定方式，著眼在之後又反過來駁斥的字眼。在同一頁中，可以找到突然間跳轉的觀點、話題和語調，他的腦袋對抗著理智界線，想要一次看清楚：「單一觀點會自我設限。我們只能看到某個景色中的特殊畫面。我們看待同一個事實時，只有結合全面觀點，才能有更完整的了解。當我們想了解的東西越是複雜，擁有不同的視角越是重要，才能讓那些光交融，我們才能從多重看見單一。這是真相的本質：結合各種已知的觀點，呈現在此之前遺漏的其他觀點，因而我們能夠了解，一切其實都是從同樣的東西分裂出來的。」

他過著隱士的生活，閱讀、冥思和寫作。一九八八年，他身體過度虛弱，差一點丟了命。他十分認同瑪爾特．羅賓（Marthe Robin），這位法國神祕主義者帶著耶穌的聖傷，長達五十年除了聖餐外不吃任何東西。因此，格羅騰迪克想效法耶穌在沙漠禁食，而且要超過四十天，他在屋前花園和附近採集蒲公英，只靠煮花草湯充飢，持續了好幾個月。他的鄰居早已習慣看他沿著街道採集花朵，幸好他們帶著蛋糕和家常菜去看他，才將他從鬼門關前救回：他們堅持看到他吃掉食物才肯離開。

他甚至相信人類不是自己作夢，夢是外來的，他稱有個「送夢者」會送夢而來，好讓我們認識真正的自己。他記錄自己每晚的夢境，長達二十多年，這份「夢之鑰」讓他得以了解送夢人的本質：送夢人就是上帝。

一九九一年七月，他試圖切斷所有和世界的聯繫。他燒掉兩萬五千頁的個人手寫稿，焚毀父親的肖像照，把母親的遺容面具送人。他把最後的研究交給他的朋友尚・馬古瓦（Jean Malgoire）——啟蒙「模體」失敗的筆記，這個東西就在不見天日的數學的最深處像顆心臟跳動著，希望他轉贈給母校蒙彼利埃大學。從那一刻起，他展開一場逃亡之旅，直到嚥下最後一口氣為止，他從一個小村莊搬到另一個小村莊，避開尋找他的記者和學生，原封不動退回家人和朋友寄來的信。

十多年時間，他的下落成謎。據傳他死了、瘋了，或鑽進森林深處，不讓人找到他的遺骸。

他在法國南部流浪，居無定所，躲藏在阿列日省拉塞爾的一座小村莊，那在庇里牛斯山下，距離他父親度過生前最後幾個月的集中營不到一個小時的路程，之後他的父親被送去死在納粹的毒氣室。格羅騰迪克小時候曾赤腳逃離里約克羅斯，他和母親就是關在這個集中營，當時是大半夜，他帶著堅定的決心，打算一路走到柏林，親手解決希特勒。五天後，士兵們在一棵樹的空心樹幹裡找到了不省人事的他，幾乎是瀕死地步。

他會在夜晚彈奏鋼琴。他在拉塞爾的鄰居——他們知道他無法忍受訪客，聽見了美妙的複音音樂驚訝不已，彷彿格羅騰迪克在退隱之後學會蒙古喉音唱法，能夠同時間唱好幾個音。格羅騰迪克在日記上這麼解釋：每當入夜，會有個雙面女子來拜訪他。她溫柔的那一面叫芙洛拉，邪惡的那一面叫路西法拉。她們兩個會齊聲高歌，逼迫上帝現身，但是「祂沉默不語，當祂開口說話時，聲音是那樣細小，沒有人能聽懂祂的話。」

二〇〇一年，他的鄰居看見濃煙和火焰從他的屋子冒出來。根據拉塞爾的村長所言，格羅騰迪克盡一切所能阻撓消防員插手；他哀求他們放手讓房子燒毀。

二〇一〇年，他的朋友伊呂西收到一封格羅騰迪克的來信，裡面是「禁止出版宣言」。他禁止未來再有人販售他的作品，他要求拿回所有他在圖書館和大學的著作。他威脅不得有人販售、印刷或散播他的著作，不管是否曾經出版。他想要消除他的影響力，靜靜地消失，抹去最後一絲足跡。「願一切永遠消失！」

格羅騰迪克在人生最後幾年還跟少數幾個人有聯絡，其中一個是美國數學家萊拉・施耐普斯（Leila Schneps）。她尋找他好幾個月。跑遍她認為他可能住過的村莊，拿著一張他的老照片，問那兒的人是否看過他，只是不知道他的外表是否改變很多。後來她走累了，就在附近唯一的有機市場對面找一張長凳坐下來，希望格羅騰迪克能出現眼前，就這樣一連好幾天，直到她看見一個買綠豆的老先生，他拄著拐杖，一身修士的打扮。他戴著連衣帽，留著和巫師一樣的白色鬍子，遮住了臉孔，但是她從那雙眼睛認出他來。

她小心翼翼上前，以為這位隱士看到她會拔腿就跑，但出乎意料地，格羅騰迪克非常親切迎接她的出現，雖然他隨即表示不希望再有人找到他的下落。她難掩激動，告訴格羅騰迪克，終於有人解開了他年輕時所提出的一個重要猜想。格羅騰迪克勉強一笑。他說他對數學已經完全失去興趣。

他們共渡了午後。萊拉問他為什麼要與世隔絕。格羅騰迪克說他不是怨恨人類，也沒有逃離這個世界。他退隱江湖，並不是逃避也不是拒絕；相反，他這麼做是要保護人類。他不希望有人受到他曾遭遇的折磨，但是他不願解釋他所說的「新恐懼的陰影」是什麼意思。

他們互通信件幾個月。萊拉非常想要進一步認識他發展出的物理學概念，據傳那是他在辭職之前所做的最後研究。格羅騰迪克回答，如果她能回答一個問題，他願意全部告訴她：一公尺是什麼？

萊拉花了一個多月寫完長達五十頁的長篇大論後才回信。但是格羅騰迪克原封不動退回她的信，以及接下來的所有信件。

他走到人生黃昏時，觀點已經和從前天差地別，只剩下總體。他經過長年累月的不斷冥想，性格被利刃割得支離破碎。「我有一種堅定的感覺，我對上帝的認識，要比世間的任何凡人還深，或許這是一種褻瀆，祂是永遠解不開的謎，比所有被創造的生物還要無邊無際。」

二〇一四年十一月十三日禮拜四，他在聖吉翁醫院嚥下最後一口氣。他的死因未明。他要求保密。

至於他彌留的那幾天，只有在醫院照顧他的護士給了唯一證詞。根據她所說，格羅騰迪克拒絕見家人，他只見了一個人，那是個高大害羞的日本人，他不敢踏進病房，直到護士請他進去。

護士記得他是個長相好看的男人，但是有點駝背，連五天的訪客時間，他都坐在病榻邊，盡可能彎腰，儘管姿勢很不舒服，他仍盡力把耳朵貼近病人的嘴邊，同時把手中的筆記本寫滿。他陪格羅騰迪克走完人生的最後一刻，他一直安靜不語，最後也默默守在他的遺體旁，等到有人把他送到太平間。

他正是兩天後被蒙彼利埃大學警衛攔下的那個男人，或者是非常相像的人吧。他們發現他跪在一個房間前，裡面保存的是格羅騰迪克贈予大學的文件，當初交換的條件是任何人都不能打開那四個箱子，裡面裝滿揉皺的紙張，甚至還有寫著方程式的餐巾紙，格羅騰迪克曾漫不經心地說「那只是亂七八糟的塗鴉」。

警衛發現男人手中握著一個火柴盒，袋子裡有個燃油罐，但是他們沒報警。他們只是把他逐出校園，以為他是個心智不正常的瘋子，因為他一直盯著地板，一次又一次強調，儘管聲音很輕，他們得放他走，他下午在數學學院有一場重要的講座。

當我們不再理解世界

Cuando dejamos de entender el mundo

我越是思考薛丁格方程式的物理面，越是覺得作嘔。他寫的東西幾乎沒意義，也就是說，只是一堆屎罷了！

——維爾納・海森堡（Werner Heisenberg）寫給沃夫岡・包立（Wolfgang Pauli）的信

序言

一九二六年七月，奧地利物理學家薛丁格前往慕尼黑，準備介紹一個從人類腦袋誕生的最美麗而詭異的方程式。

在找到如何用簡單方式解讀原子內部結構變化的那天早上，他變成了國際之星。幾個世紀以來，一直有幾個使用在預測水波的波方程式，薛丁格利用類似的方程式成功做到看似不可能的結果：他在量子世界的混亂中找到秩序，用一個無比有力、高雅又華麗的方程式，詮釋核子四周的電子軌域，而狂熱者聽了之後，毫不猶疑地稱那是「登峰造極」之作。

但是這個方程式最吸引人的並不是它的美，也不是它能解釋巨量的自然現象；令整個科學界為之傾倒的是，他們能夠想像最小尺度的現實世界正在發生的事。對於追根究柢物質和其基本架構的人來說，薛丁格的方程式彷彿普羅米修斯之火，能夠消除次原子粒子界難以穿透的黑暗，揭露在這之前一直蒙著神祕面紗的世界。

薛丁格的理論似乎肯定了基本粒子具有類似波浪的作用，如果真的具有這種自然特質，必定是遵循已為人知和理解的定律，世界上所有物理學家所能接受的定律。

但有一個人除外。

維爾納．卡爾．海森堡得向人借錢，才有辦法到慕尼黑參加薛丁格的座談會，他買了火車票後，差點就付不出住宿費用，而那是一間髒亂的學生宿舍。海森堡可不是平凡人物。他年僅二十三歲，已是大家公認的天才：他是第一個提出一連串解釋同樣東西定律的人，比薛丁格早了六個月。

他們兩人的理論幾乎是互相對立；相較於薛丁格只用一個公式解讀幾乎所有的現代化學和物理學，海森堡的理論和公式就顯得無比抽象、哲學性革新，甚至過分複雜，只有一小群物理學家知道怎麼使用。甚至連他們都覺得頭痛。

這場慕尼黑座談會座無虛席。海森堡只得坐在走廊上，啃咬指甲聆聽薛丁格的介紹。他沒熬到結束。他在薛丁格介紹到一半，就從地上跳起來，當著眾人驚愕的目光走到黑板前，大叫著電子不是波，次原子粒子世界是難以想像的。「比想像的還要詭異多了！」上百位聽眾發出噓聲打斷他的話，場面如此火爆，薛丁格不得不要求大家讓他說完。但是沒有人想聽這個年輕人要他們忘掉腦中對於原子的想像。沒有人願意依照海森堡的方式看待物體。當海森堡在黑板寫下他反對薛丁格理論的意見，就被人推著轟出會場。他的要求太過分。為什麼非得要放下常識，才能得到物質的最小尺度？那個年輕人只是嫉妒罷了。這是可以理解的。因為，薛丁格的想法像是日蝕，害他的發現黯然失色，否定了他在歷史上的地位。

但是海森堡認為大家都搞錯了。電子並非波、浪，也不是粒子。次原子粒子世界一點也不像大家所曾經認識的。他對這一點有十足把握，並且深信不已，只是還無法解釋。他已經抓到一點東西。一個可以挑戰任何解釋的東西。

海森堡發現，物體的中央有個黑色原子核。如果這個畫面不是真實的，所有發生的一切是不是就毫無意義？

一、黑爾戈蘭島之夜

在慕尼黑座談會一年前，海森堡變成怪物。

一九二五年六月，他在哥廷根大學工作時花粉症發作，臉部變形到幾乎難以辨識的地步。他的嘴唇像是腐爛的桃子，皮膚就要裂開，眼皮腫得幾乎張不開。他無法再多忍受一天春天，所以他登上了船，盡可能遠離折磨他的細小粉粒，越遠越好。

他準備前往黑爾戈蘭島「聖地」，那是德國在公海上的唯一島嶼，島上氣候乾燥，環境嚴酷，樹木幾乎長不高，花朵也無法從岩縫中冒出來。自從決定解開量子世界之謎後，他身心飽受多種毛病折磨，這趟旅程，他都躲在艙房裡暈船嘔吐，在踏上島上的紅色岩石那刻，他感覺自己淒慘無比，因此得費好大的力氣說服自己，眼前高高聳起比他還要高七十公尺的峭壁，能簡單解決他的病痛。

海森堡和同事們不同，他們正享受著物理學的黃金時刻，研究越來越複雜和精準的應用和計算，他卻認為理論基礎出現致命的缺陷，因此痛苦不已：自牛頓之後完美運行的宏觀世界定律在原子的內部不具有價值。海森堡想知道什麼是基本粒子，他想揭開連結所有自然現象的根源。但是這個不同尋常的執迷——他未經上司許可而私自研究，已經將他完全吞噬。

他抵達預定住宿的小旅館時，老闆娘一看見他大驚失色，還以為他在旅途中被酒醉的水手痛毆一頓，堅持要報警處理。海森堡好不容易說服羅森塔太太那是過敏發作，她便決定照顧他到他康復，把他當親生兒子看待，百般呵護，還會隨時闖進他的房間，要求他喝下一種具有神奇藥效的噁臭濃稠液體，海森堡只得壓下想吐的衝動，假裝喝下，等她終於離開重獲寧靜後，再到窗口吐掉。

海森堡抵達黑爾戈蘭島的前幾天，嚴格遵守一套嚴格的體能活動：他一起床就下海游泳，游到一顆巨大的岩石旁邊，他聽旅館的老闆娘說，這兒藏了德國海盜的大部分寶藏。他總是游到筋疲力竭，差一點就要滅頂，才甘願返回岸邊，這是他從小養成的習慣，他的老家附近有個池塘，每次他都會和哥哥比賽誰游最多圈。海森堡對於研究也是同樣態度，他總是工作到忘我的地步，甚至一連好幾天不吃不睡。如果他對結果不滿意，就會緊張到幾乎崩潰；如果他覺得滿意就會興奮不已，那股狂熱和迷信宗教不相上下，他的朋友都認為他越來越不可自拔。

他從旅館的窗戶可以遙望連天的海面。他凝視浪濤翻騰，消失在海平面那端，不禁想起導師的話，丹麥物理學家尼爾斯．波耳（Niels Bohr）曾告訴他，只有能凝視波光粼粼的海面而不感眩目的人，能看到一部分的永恆。前一年夏天，海森堡曾繞遍哥廷根的山丘，他認為先花長時間走路，才能真正開始他的科學工作。

波耳是物理學界的巨擘。另一個和他一樣在二十世紀上半葉具有同樣影響力的科學家只有愛因斯坦，他們的關係亦敵亦友。一九二二年，波耳已經獲得諾貝爾獎，他極具挖掘優異天才的本領，把他們延攬到自己門下。他就是這麼抓住海森堡：他曾經多次和這位年輕的物理學家在晨間散步，說服他只能用詩來談論原子。海森堡就是在和波耳散步時，第一次發現次原子世界是極度特殊的：「如果一粒微塵含有億萬個原子，該怎麼用有意義的方式談論如此微小的東西？」波耳對他這麼說的時候，兩人正在攀爬哈茲山地。物理學家如同詩人，不該照實描述世間的事物，而是借用暗喻和心靈感應的技巧。自那個夏天之後，海森堡恍然大悟，以古典物理學的概念，比如速度、位置和時間，來理解次原子粒子愚蠢至極。這部分的大自然需要使用全新的語言來詮釋。

在避居黑爾戈蘭島的日子裡，海森堡決定全心鑽研極有限的資料。我們對於原子內部有哪些「真正」的了解？每當一個圍繞原子核的電子改變能量的大小，就會發出一顆光子，也就是光的粒子。這種光可以記錄在攝影底片上。而這是唯一能夠直接測得的資訊，這是唯一從原子內部的黑暗出來的光。海森堡決定完全剔除其他東西。他對以有限資料主宰那種尺度的定律感到存疑。他不打算採用任何觀念、任何想像，或是任何模型；他打算讓真相為自己發聲。

他的過敏情況一好轉，就開始工作，把資料整理出一系列永無止盡的表格，再組成一張錯綜複雜的矩陣網絡。他花上好幾天時間試玩，像個孩子試著組拼圖，享受一片片拼湊的樂趣，但是盒蓋不見了，所以不知道最後會拼成什麼圖案。慢慢的，他能夠分辨其中的細微差異、加乘矩陣的方式，和越來越複雜的新型態幾何規則。他低著頭，沿著島上綿延而去的道路散步，完全不知道會走到哪兒去。每當他在計算上獲得進展，就會越遠離真實世界。當他操作矩陣的模式越是複雜，他的論證越是撲朔迷離。那些矩陣數字和散落在他腳下的石子的組成分子，兩者之間究竟存在什麼關係？他要怎麼從他的表格——反倒像是可憐的會計師而不是物理學家簿子上的表格——反推到類似他的這個時代所認定的原子概念呢？即使是只相似一點點也好。原子核就像個小太陽，電子就像行星繞著它轉動；海森堡討厭這幅畫面，因為太過天真幼稚。在他對原子的想像裡，這一切都不存在；那個迷你的太陽熄滅了，電子不再繞行，而是消融在一片無形的霧中。唯一剩下的是數字。那樣荒蕪的景色，彷彿島上隔開兩個岬角的平原。

幾群野馬迎面而來，從他的兩旁飛馳而過，馬蹄用力踩陷地面。海森堡不懂牠們是怎麼在這種蠻荒之地生存下來，但是他尋著牠們的足跡，到了一處石膏露天礦場，他玩弄那些石頭，剝落一塊又一塊，想看看是否能找到島上聞名全德國的化石。接下來的午後時光，他玩著把岩石丟進礦場底部，那撞擊地面粉碎的畫面，預示了——殊不知這就是微觀尺度——二次世界大戰後，英國人如何粗暴對待黑爾戈蘭島，他們蒐集所有剩餘的軍火、魚雷和地雷，在島嶼中央引爆史上最具殺傷力的爆炸，儘管並不是一場核爆。英國製造的大爆炸震碎六十公里外的窗戶，在島上升起三千公尺高的濃黑煙柱，灰燼撒落在黑爾戈蘭島山坡，那兒正是海森堡在二十年前為了看日落而攀爬的地點。

當他就要走到峭壁邊，濃霧開始籠罩島嶼。海森堡決定返回旅館，但一轉身卻發現道路消失無蹤。他把眼鏡擦乾淨，接著東張西望，想找任何可能的地標讓他安全遠離峭壁，但是他完全失去方向。當霧氣稍微消散，他認出前一天下午試圖攀爬的一顆巨岩，但是才踏出一步，石頭又被霧氣吞噬。他是個登山好手，曾經聽過許多以悲劇收場的健行故事：只要踩錯一步，就很有可能摔得頭破血流。他努力保持冷靜，但是四周的一切都變得陌生；吹來的風開始冰冷，塵土從地面揚起，他感覺眼睛刺痛，陽光無法穿透濃霧。他唯一能辨識的是腳邊的幾樣東西：一堆乾裂的馬糞、一隻海鷗白骨、一張揉皺的糖果包裝紙，一切似乎充滿敵意。他感受到冰冷正在啃噬雙手的皮膚，而不過半個小時前，他還熱得脫掉大衣。他寸步難行，只好坐下來，翻閱他的筆記簿。

他感覺，到目前為止所做的一切似乎毫無意義。那些限制荒謬可笑；無法照亮像這樣在他四周暗下來的原子。他開始感到內心湧出一股自憐之情，這時一陣狂風吹來，霧氣瞬間散去，眼前出現往下到村莊的路。他猛然跳了起來，拔腿奔向那條路，但那片消失的濃霧一眨眼又出現。他對自己說，我已經知道路在哪裡，我只需要小心附近地面的狀況，一步步慢慢過去，那顆裂開的石頭離十公尺遠，那個瓶子的碎玻璃離二十公尺遠，那棵樹根糾纏的枯樹離一百公尺遠，不過他看一眼四周，就只能接受無法知道自己是越走越接近那條路，還是正走向峭壁。他再次坐下來，這時他聽見四周傳來低沉的隆隆聲。那聲音震動了地面，而且震度越來越強，甚至他腳邊的卵石都像是活生生地開始跳動。就在他看得到的範圍內，他隱約看到一團飛奔而來的影子。他對自己說是那些野馬，並試著別讓心狂跳，那些野馬正在濃霧裡盲目飛奔。後來，當空中的霧氣完全消失，他怎麼找也遍尋不著牠們的蹄印。

接下來三天，他關在房間廢寢忘食工作，甚至連刷牙也沒有。要不是羅森塔太太闖進來，將他又推又擠帶出去，說房間裡已經開始瀰漫死人氣味，他恐怕還會一直這樣下去。海森堡往下走到港口，同時聞了聞身上的衣服。他有多久沒換襯衫了？他垂著頭，視線緊盯著地面，費了好大力氣迴避其他觀光客投射過來的目光，而他差一點就迎面撞上一位呼喚他的年輕女孩。除了旅館老闆娘外，他已經很久沒跟其他人互動，所以慢了一拍才反應過來，這位雙眼發亮的卷髮女孩只是想向他兜售幫助窮人的慈善胸章。海森堡翻找口袋：他沒有半枚馬克可以給她。女孩端著發紅的臉頰，向他送上微笑說沒關係，但是海森堡感覺心往下沉。他在這該死的小島上做什麼？他目送女孩離去，看見她向前搭訕一群醉醺醺的紈褲子弟，他們才剛下船，懷裡擁著各自的女朋友漫步，他不禁想，或許自己是島上唯一的單身漢。他轉過身，一股怪異的感覺襲來。他看著散步沿途的商店，感覺那裡像被一團巨大火球化為焦炭廢墟。他看著四周閒晃的人，感覺他們的皮膚被一場只有他看得見的火烤焦；奔跑的孩童頂著著火的頭髮，說說笑笑的情侶像火葬場的乾柴燃燒，他們緊緊相擁，火舌從他們身上竄出直衝天際。海森堡加快腳步，試著控制抖得越來越厲害的雙腿，這時一聲震耳欲聾的爆炸聲穿透他的耳膜，一道閃光劃過雲層，在他的大腦鑿了個窟窿。他拔腿奔回旅館，幾乎看不清眼前東西，因為那道光預告了他的偏頭痛即將發作，他忍著噁心感和就要從他的額頭中央蔓延到耳朵的疼痛，他的頭彷彿就快裂成兩半。終於，他拖著腳步爬上樓梯，倒臥在床上昏了過去，在高燒的折磨中發冷顫。

他留不住吃下的食物，但依然不放棄在島上到處遛達。他學動物那樣在地上做記號，穿著鞋蹲下來大便，然後在石頭間挖洞，把糞便埋起來，可以肯定的是，一定有人看見他光著屁股而嚇一大跳。他相信，旅館老闆娘一定在他被迫喝下的湯藥裡下毒，但是隨著海森堡因為腹瀉和嘔吐日益消瘦，她餵食的湯藥分量也越來越多。當他再也無法下床後（那是伸展四肢就躺不下的床），他把所有衣服都穿在身上，再蓋上五條毯子，只露出頭部，希望能「燒死」高燒，這是他從母親那兒學來的偏方，他沒想過是否有效就直接試，他相信自己寧願忍受任何折磨，也不願任憑醫生擺布。

他流了滿身大汗，一整天都在背誦歌德的《西東詩集》（*West-östlicher Divan*），那是前一位房客忘在他的房間裡的。他一遍又一遍，高聲朗讀一首首詩。有些詩句傳到房門外，在旅館空蕩蕩的走廊上顯得特別響亮，驚動了其他旅客，那聽在他們耳裡，彷彿是來自幽魂的痴人囈語。歌德是在一八一九年寫下這些詩，靈感來自波斯神祕主義大師和抒情詩人沙姆斯丁，這位十四世紀的偉大波斯詩人並以筆名哈菲茲廣為人知。他的詩集已在德國發行，但是翻譯不佳，德國天才詩人拜讀詩集之後，相信他能接觸到詩集是因為天意。他認為自己就是他，甚至到了聲音完全改變的地步，和這位在四百年前曾經歌頌上帝榮耀和美酒的男人的聲音融為一體。哈菲茲是酒聖，奉行神祕主義也是個享樂主義者。他把一生奉獻給禱告、詩詞和美酒，六十歲那年，他在沙漠的沙地上畫了一個圈，發誓除非收到唯一和全知全能的阿拉的旨意，否則絕不站起來。他默默度過四十天，期間飽受風吹日曬卻苦無結果，有個男人經過，發現他已經奄奄一息，便讓他喝下一杯酒，打破他長時間的禁食，而他喝下後感覺第二意識被喚醒，取代他原本的意識，讓他吟誦出五百多首詩。歌德也借助外力寫下他的《西東詩集》，不過他靈感不是來自上天，而是一位朋友的妻子瑪麗安．

馮．威勒默（Marianne von Willemer），這位女子和他一樣非常著迷哈菲茲。他們共寫了書，藉著長篇的魚雁往返累積草稿，字裡行間充滿情色，歌德在信中想像他輕咬她的乳頭，將手指伸進她的體內，而她夢想對他雞姦，儘管他們只見過一次面，卻不妨礙他們不能實現彼此的遐想。瑪麗安以哈騰的情人蘇萊卡的聲音，對著東風譜歌，但是他們合作寫書是個祕密，她一直到死前的那晚才說出，當時她口中吟誦的正是海森堡高燒時所讀的詩句：「那抹能渲染天空的顏色在哪裡？那片灰霧遮去我的視線，我再怎麼看也看不清。」

海森堡連生病時也努力不懈地研究矩陣：當羅森塔太太替他敷上冰涼的紗布降溫，並且勸他叫醫生，他卻對她談起振子、譜線和對稱性電子，他相信自己只需要再忍受幾天，身體就能克服病痛，腦子也能走出此刻困住的迷宮。雖然他現在連翻頁都很吃力，依然繼續閱讀歌德的詩，每句詩對他都像是一支直射進他身上的箭：「我只珍愛想念死亡的人，我在烈火中擁抱愛情，我的理智中的畫面全化為灰燼。」當海森堡終於睡去，他夢見幾個伊斯蘭修士在他的房間中央旋轉。哈菲茲一臉醉相，身體光溜溜的，像條狗四腳著地追著他們，對他們吠叫。他把摘下的頭巾、酒杯向他們丟去，接著又仍了空甕，想把他們趕出他們的軌道。他無法越界，只好對他們一個個撒尿，在他們的長袍留下一種黃漬花樣，海森堡在那個模式中認出他的矩陣的祕密。海森堡伸出手想抓住，無奈黃漬變成一長串數字圍著他跳舞，接著圍繞著他的脖子，越繞越緊，直到他幾乎無法呼吸。這些惡夢反而給了他喘息空間，得以暫離他的情色夢，這些夢趁虛而入，越來越強大，害他像青少年一樣弄髒被單。儘管他拒絕讓羅森塔太太換床單，卻阻止不了她每天來澈底打掃他的房間。海森堡難以忍受羞恥感，但他拒絕手淫：他相信身體的所有精力都該保留給工作。

到了大半夜，他飽受高燒折磨的腦袋早已筋疲力竭，然而大腦卻開始建構詭異的連接，讓他得以直接求得結果，省去中間的步驟。他在無法成眠的癲狂中感覺大腦一分為二，左右腦各自工作，彼此之間不需要溝通。他的矩陣違反一般代數的所有規則，遵循夢的邏輯，在夢境裡一個東西可以視作許多東西：兩個元素可以相乘，再依據相乘順序得到一個不同的答案；三乘於二等於六，但是二乘於三可能是其他結果。他氣力耗盡，無法細究結果，只是一直算到最後一個矩陣。當他解決完畢，他下床然後大叫：未經觀察！直觀！不確定性！（Unbeobachtet! Anschauung! Unanschaulichkeit!）直到他吵醒旅館的所有旅客。羅森塔太太踏進他的房間，正巧看見他往前倒臥在地板上，睡褲沾滿糞便。當她終於讓他冷靜下來，把他扶上床，便飛也似地出門找醫生，沒注意海森堡在幻夢中載浮載沉，口中呢喃著抱怨。

哈菲茲坐在他的床尾，遞上一杯酒給他：海森堡接下酒，咕嚕嚕喝下，汁液順著下巴和胸口流下，這時才發現酒裡含有詩人的鮮血，而此刻詩人正瘋狂手淫，手腕滲出鮮血。「這個食物和飲料會讓你長胖和變得無知！」哈菲茲朝他啐了一口。「但是你還是有機會挽回，只要你不吃不睡。你別光只是坐在那裡空想。出去吧！沉浸在神的大海之中。只沾濕一點頭髮不會讓你長智慧。看見神的人不會有疑慮。他的神智和視野是清晰的。」海森堡頭昏腦脹，努力想跟隨幽靈的指引，無奈發燒讓他無法動彈，牙齒喀喀地直打顫。一直到感覺醫生的針扎下，腦子才恢復清醒，接著看見旅館老闆娘靠在醫生的肩膀哭泣，醫生向她保證他一切會沒事，那不過是不小心著涼，而他們兩個都無法看見歌德跨坐在哈菲茲的屍體上，那具屍體已經流光鮮血，但生殖器依然昂然挺立，德國詩人正用嘴去刺激，像是吹著火堆餘燼那樣，希望死灰復燃。

海森堡在大半夜清醒過來。他的燒已經退去，腦子出奇清醒。他下床穿衣，動作有點不太自然，他感覺那彷彿不是自己的身體。他走近書桌，打開筆記簿，看見自己已經完成所有的矩陣，但他不知道其中半數是怎麼建構的。他拿起外套，鑽進外面的冷風中。

夜空沒有半顆星星，只有月光照亮的雲層，但是經過多日閉關，他的眼睛早已習慣黑暗，能夠邁開自信的腳步。他爬上通往到峭壁的上坡路，絲毫不覺得冷，當他抵達島嶼的最高處，他看見了遠處海平面冒出一絲光，儘管離破曉還有好幾個小時。光芒不是來自天際而是地面，海森堡心想，或許那是某個巨大城市的光，不過他知道即使是最近的城市也距離幾百公里遠。光芒不可能來到他這裡。但是他知道自己看得見。他坐下來，迎著從海面吹來的風，打開筆記簿，開始檢視他的矩陣，他一顆心七上八下，就怕自己犯下接連錯誤，不得不從頭再開始。當他看見第一個矩陣是連續的，便放下心中的大石頭。在檢視第二個矩陣時，他的手開始冷得發抖。鉛筆在他寫下計算的紙張上下穿插，留下細微的畫痕，彷彿在使用某種陌生語言的符號。最後，他的所有矩陣都是連續的：海森堡根據可以直接觀察到的建構了一個量子體系。他以數字取代暗喻，進而發現主宰原子內部運轉的規則。他藉由矩陣得以表述電子瞬間的位置，以及如何和其他粒子互動。他使用純數學，不用任何圖像，在次原子世界重製牛頓為太陽系所造的成果。儘管他不明白自己是怎麼辦到的，但確實就在那裡，是他雙手寫出來的；如果這是正確的，科學將除了用來理解，也能操控基本尺度的現實。海森堡仔細思索這種本質的知識會帶來的後果，感到頭昏目眩，不得不忍住把筆記簿扔下峭壁的衝動。他感覺他看見在原子現象背後的一種全新的美。他太過興奮了，沒辦法回去睡覺，他走到一顆向海面延伸的岩石邊。他跳上岩石底座，攀上頂端，坐下來等待日出，雙腳在空中懸盪，聆聽著海浪拍打峭壁的聲音。

海森堡返回哥廷根大學後，把他的發現濃縮成一篇可供發表的論文。他認為結果差強人意，不致於太離譜。他在文中不提軌道、路徑或速度；通篇都是複雜的格子乘法和一堆數學規則，錯綜複雜的程度簡直讓人到了厭惡的地步。連做個簡單的計算都需要使盡吃奶力氣，甚至他自己都無法解析他的矩陣和真實世界之間的連接。但這是可行的！他太過擔心，以至於遲遲不敢發表，於是把心血結晶交給波耳，波耳卻把東西丟在書桌上長達幾個禮拜。

某天早上，這位丹麥物理學家無所事事，所以翻閱他的論文，接著他開始細讀，一遍又一遍，越來越感興趣。很快地，他沉浸在海森堡的新發現，連續好幾個夜晚都難以成眠。這位德國年輕人的研究成果前所未見：相當於去除溫布頓網球賽的所有規則，從球員的白色服裝到球網必須拉緊的程度——僅憑藉高飛出球場牆壁的網球，沒有觀察過球場的狀況。波耳不論再怎麼嘗試，都無法解開海森堡用在矩陣的詭異邏輯，不過他知道這個年輕人發現了某個重要的東西。首先，他通知愛因斯坦這件事：「海森堡的論文很快會刊出，內容十分震撼。那就像出自神祕主義者之手，但作品是正確的，而且具有相當深度。」

一九二五年十二月，海森堡在第三十三期《物理學期刊》（*Zeitschrift für Physik*）發表了《以量子理論重新詮釋運動學與動力學的關係式》，那是量子力學架構的第一步。

二、王子的波浪

海森堡的理論引起一片愕然。

儘管愛因斯坦本人也投入研究「矩陣力學」，彷彿那是一張失落寶藏的地圖，他卻厭惡當中的某個東西。「海森堡的理論是近來所有研究中最有趣的一個。」愛因斯坦在寫給友人米給雷．貝索（Michele Besso）的信中這麼說。「這是一種邪惡的計算，不使用座標，而是數學概念矩陣，導出無限維行列式。這種計算非常聰明。正因結構如此錯綜複雜，因而受到層層保護，難以證明是錯的。」但是愛因斯坦討厭的不是公式的封閉性，而是某個更重要的東西：海森堡發現的世界無法容於常識。矩陣力學表述的不是平常的物體——儘管小到難以想像，而是現實的一面，卻無法以古典物理學的語言和概念來詮釋。對愛因斯坦來說，這可不是個小問題。相對論之父是具像思考的大師；他對空間和時間的所有想法，都來自他擅長想像最極端的物理情境。因此，他還沒準備好接受這位德國年輕人提出的限制，那就好比摘下眼珠卻想要看得更遠。愛因斯坦直覺認為，這般澈底的線性思維，可能會讓整個物理學受到影響而晦澀不明：如果海森堡勝利了，世界上一部分的根本現象將會遵循我們永遠無法了解的規則，彷彿物質內部核心有一種無法掌控的隨機性。勢必要有人出來阻止。勢必要有人把原子從海森堡關閉的黑盒子裡拿出來。而在愛因斯坦看來，這個人是一個法國年輕小伙子，個性靦腆、陰柔、放浪；他就是第七代布羅意公爵路易・維克多・皮耶・哈蒙（Louis-Victor Pierre Raymond）王子。

路易・德布羅意出身法國名門望族，在大姊的照顧下長大。寶琳公主對他愛護有加，她在回憶錄裡形容他是個瘦高的孩子，「有一頭像貴賓犬的卷髮，小小的臉蛋總是掛著微笑，張著一雙不懷好意的眼睛。」童年時，小路易享盡榮華富貴，儘管父母完全疏於照顧。他從大姊那兒得到缺乏的關愛，後者對他誇讚連連，即使只是件小事：「他在餐桌上嘰嘰喳喳說個不停，雖然有人大叫要他安靜，他就是無法控制舌頭，而他的話題叫人無法抗拒！他在孤獨中成長，大量閱讀，活在一個完全不真實的世界。他的記憶力驚人，能夠滔滔不絕背誦經典戲劇從頭到尾的每一幕，但是當他毫無招架之力的時候，他會慌張得直發抖：他害怕鴿子，畏懼貓狗，當他聽到父親爬上樓梯的腳步聲會嚇得魂飛魄散。」他還是個孩子時，已經展露對歷史和政治的特殊興趣（他才十歲就能背誦第三共和國所有部長的名字），他的家族以為他會走上外交官生涯，但最後，卻是受到哥哥的實驗室吸引，也就是實驗物理學家莫雷斯・德布羅意（Maurice de Broglie）。

這間實驗室占據家族的某間宅第的大部分空間，還慢慢擴展到夏多布里昂街。在那曾經是純種馬睡覺的馬廄，如今只有巨大的X光機嗡嗡作響，粗厚的電纜，穿過訪客浴室的磁磚牆和覆蓋莫雷斯書房牆面那些價值不菲的緙織壁毯，連接到主要實驗室，而大哥在他們父親過世後，一肩扛起照顧小王子的任務。路易來這裡學習科學，展現出和大哥一樣對實驗物理學的天賦。他還是學生時，一次因緣巧合下接觸量子物理學筆記，那是大哥在歐洲最具權威的科學研究會，也就是第一屆索爾維研究會擔任祕書所做的內容。這件幸運的事，不只永遠改變他的人生方向，性格也因而有了非常不可思議的轉變，當他從義大利度假回來，他的大姊寶琳差點認不出他來：「那個在我整個童年時期逗我開心的小王子已消失無蹤。現在他一直將自己關在小房間，沉浸在數學課本裡，遵從一成不變的嚴格日常作息。眨眼之間，他變成一個簡樸的人，過著修道院一般的生活，那種刻苦，讓他原本有點下垂的右眼皮，此刻幾乎覆蓋整個眼睛，變醜的模樣實在叫我心疼，因為那加深了他散漫和陰柔的印象。」

一九一三年，路易誤打誤撞入伍工程兵團，不久第一次世界大戰爆發。最後他在艾菲爾鐵塔擔任電報員直到大戰結束，主要負責維護攔截敵方訊息的機器。路易生性膽小，是個和平主義者，軍旅生涯已經超過他能承受的極限；戰後幾年，他經常吐苦水抱怨，這場歐洲浩劫損害了他的腦袋，他親口說腦袋再也無法像以前一樣靈活運轉。

他唯一還持續往來的軍中同袍，是一位叫尚巴蒂斯特．瓦謝克（Jean-Baptiste Vasek）的年輕藝術家，他是路易自孩提以來結交的第一個真正的朋友。他們在艾菲爾鐵塔上一同度過幾年，他變成路易在那段愁悶日子裡唯一的歡樂來源，退伍後，他們依然密切聯繫，保持溫暖的友誼。瓦謝克是畫家，除此之外還廣泛收藏「非主流藝術」的作品，包含詩詞、雕刻、素描和圖畫，創作者來自各路，有精神病患、流浪漢、遲緩兒、癮君子、酒鬼和浪蕩分子，他認為，他能從他們扭曲的視角看到孕育未來傳奇的苗圃。路易從未相信瓦謝克所稱的「純淨心靈的創作能量」能闖出什麼名堂，但是他對藝術的奉獻和他對物理學的狂熱如出一轍，他們會在路易的豪宅的一間廳堂暢談整個下午，或者在舒適的靜謐氛圍中，忘卻時間的腳步或外面世界發生的一切。

一直到畫家朋友自殺，路易才發現自己多麼愛他。瓦謝克沒有留下任何隻字片語，交代他為什麼結束生命，只有一張紙條要求「親愛的路易」接管他的收藏品，如果可能的話繼續擴充，而路易視為命令不敢違抗。

痛失摯愛後，路易荒廢物理學學業，轉而把天賦異稟的專注力用在繼承朋友的遺志。他挪用自己的那份家產，跑遍法國所有的精神病院和大多數的歐洲精神病院，收購任何出自病患之手的藝術創作。他不只接管朋友的收藏，還收購新作品，採買材料器具交給各病院院長，拿金錢或母親收藏的珠寶賄賂他們，清除任何可能的阻礙。但他所做的不僅於此：拜訪完所有病院後，他轉而替心智發展遲緩的孩童設立基金會，當他再也找不到這樣的孩子，開始為暴力傾向罪犯和性侵犯創立藝術獎學金。最後，他聯絡教堂的慈善之家，資助接納乞丐的收容所，提供他們食宿，換取他們的詩作、素描，或音樂劇草稿。當他收藏作品的宅第再也容不下一張紙，他舉辦了一場風光的藝術展，命名為「人類的瘋狂」，所有的創作者署名都是他的朋友。

開幕典禮人山人海，不得不出動警察清空擠在門前的人潮，以防有人在推擠踩踏中喪命。這場展覽引起互不妥協的兩派評論：一派認為這是藝術界無可救藥的墮落，一派為新型態藝術的誕生熱烈鼓掌，相較之下，達達主義的實驗性創作像是專門給無所事事的公子哥兒的沙龍遊戲。對於法國這樣早已習慣國內僅存少數貴族古怪行徑的國家來說，都無法了解這場展覽；謠傳指出，德布羅意小王子揮霍家族財富，目的是向一個情人獻上致意，這是那個時代上流社會的癖好。路易讀到一篇無情嘲笑瓦謝克畫作的報導後（路易安排在展覽會的特殊廳堂展出），把自己和全歐洲精神病患的創作關在一棟建築物裡，整整三個月，除了他的大姊外拒絕見任何人，但他把她送來的飯菜都留在門口，連一口也沒嚐過。

寶琳相信路易會活活餓死，所以哀求他們的大哥介入處理。莫雷斯敲下宅第大門，等了整整二十分鐘都沒聽到任何回應，之後他拿來一把獵槍打飛門鎖。他帶著五名僕人進門，準備把弟弟送去療養院，他沿著走廊邊走邊呼喚，經過塞滿垃圾雕塑品的廳堂，第一回親眼見到恍若地獄景色的蠟筆畫，直到走到展覽會的主廳，那兒有一座完美的巴黎聖母院複製品，每一尊滴水嘴獸的樣貌都栩栩如生，只不過那是糞便製作的。他的大哥氣得七竅生煙，他加快腳步走到最後一層樓的臥室，以為會在裡面找到全身骯髒和營養不良的路易（更糟的話可能已經斷氣），所以，當他踏進門口，幾乎不敢相信他看到小弟穿著一套藍色天鵝絨西裝，鬍子和頭髮剛修剪整齊，抽著一小根煙，臉上掛著大大的笑容，眼睛閃爍著和兒時同樣的光芒。

「莫雷斯。」他喊著大哥，同時遞上一捆紙，那從容自若模樣，彷彿他們前一天下午才見過面。「我要你告訴我，我是不是真的瘋了。」

兩個月後，路易．德布羅意發表讓他名垂青史的研究。這些研究結果寫在他在一九二四年的博士論文，一如他低調的個性，簡單命名為《關於量子理論研究》。他在大學委員會面前用毫無起伏的語調演講，彷彿邀人入夢一般，並且一介紹完畢立刻離場，留下目瞪口呆的委員，也不知道自己有沒有過關，因為評分委員找不到任何字句質疑他們剛剛聽完的東西。

「現今的量子學存在一些謬論，迷惑了我們的想像。」路易用帶著鼻音的柔軟嗓音說。「一個多世紀以來，我們把世界現象分為兩派：固體物質的原子和粒子，和沿著以太之海蔓延的無形光波。但是，這兩套系統不能再繼續分開；我們應該把兩者合併成一套理論，解釋它們之間多次的交互作用。踏出第一步的是我們的同儕愛因斯坦：他早在二十年前，就主張光不只是一種波，而是含有能量的粒子；這些光子是集中的能量，呈波浪式前進。很多人懷疑這種看法是否正確；有人選擇閉上眼睛，不想看到我們眼前的新道路。我們不應該自我欺騙；這是一場真正的革命。我們談的是物理學最珍貴的東西，光，光讓我們看到這個世界的形體，也讓我們看到點綴螺旋星系的繁星，還有事物的核心。但是這個物質不是單獨存在，而是雙重性的。光是以兩種形式存在。因此，不在我們試圖依照大自然展現的千百種形態而制定的種類。光既是波也是粒子，分屬兩個系統，它們的特性天差地遠，就像雙面神雅努斯的兩張臉孔。就如同這位羅馬神祇，展現持續又離散、分開又獨立的相反特性。反對他發表的理論的人爭辯，這種新正統會導致偏離理性。而我想對他們說：『所有物質都具有這種二象性！不只是光會分裂，還有上天創造世界所用的每一個原子。各位手中的論文提到，對於每個基本粒子而言——不論是電子還是質子，存在一種能在空間傳遞它們的波。我知道會有很多人質疑我的推論。老實說，這都是我一個人默默耕耘出來的。我承認內容是大膽的，如果最後結果有誤，我願意接受任何懲罰。但是今天我能自信滿滿的告訴你們，所有的事物都可能以兩種形式存在，而且全都不像表面看似穩固；孩童手中拿的石頭，就算瞄準樹枝上懶洋洋的麻雀，也很有可能就像水，會從他們的指縫流下。」

德布羅意瘋了。

一九〇五年，當愛因斯坦提出光具有「波粒二象性」，所有人都認為他的看法異想天開。他們的評論指出，但是光是非物質，或許真的存在那種怪異的形式吧。相反的，物質是固態的。難以理解會波動。這兩樣東西只可能是對立的。總之，一個基本粒子就像一小顆金砂：存在特定的空間內，占據世界的一個位置。它的體積是凝聚在一起的，所以可以確實看到並且知道它每一分每一秒在哪裡。因此，如果有人把金砂丟出去，掉到路上，撞到某個東西後會彈回來。而且可能總是會掉在同一個特定位置。相反的，波就好像海水；波浪是廣大而寬廣的，沿著無際的平面延伸擴散。所以，同時間在多個定點都存在；如果一道波浪拍上岩石，或許會從旁繞過，繼續它的行程。如果兩道波互相撞擊，有可會消退而後消失無蹤，或不受影響互穿而過。當一道波浪撲到岸上，會在沙灘上的多個地點發生，不一定是同一個時間。這兩種現象的本質是相反而且衝突的。它的表現是相對的。然而，路易說，所有原子如同光一樣，既是波也是粒子：有時行為像波，有時像粒子。

路易所提出的觀點和當代廣為所知的恰好相反，因此委員會不知道該如何評分他發表的研究。這件事非比尋常，一篇簡單的博士論文竟然迫使他們不得不採用全新的方式來思索物質。評分委員小組是三名索邦大學的菁英——諾貝爾物理學獎得主尚・佩蘭（Jean Baptiste Perrin）、知名數學家埃利・嘉當（Élie Cartan），和晶體學家查爾斯—維克多・莫甘（Charles-Victor Mauguin），除此之外還有法蘭西公學院客座教授保羅・朗之萬（Paul Langevin），但是他們沒有一個能理解年輕路易的革命性研究。莫甘拒絕相信物質波的存在；佩蘭寫信給莫雷斯・德布羅意，後者急著想知道路易是否能拿到博士學位，但他在信中只表示：「我唯一能告訴你的是，你的弟弟相當聰明。」朗之萬也不知道該如何評論，但他寄了一份博士論文的副本給愛因斯坦，想看看物理學之父是否能理解靦腆法國小王子的研究。

愛因斯坦一直到三個月後才回信。

他遲遲毫無音訊，害朗之萬以為信件可能在半途遺失。迫於索邦大學催促他們快做最後決定，他又寄出第二封信，在信中問愛因斯坦是否有空閱讀那篇論文，那篇論文是否只是紙上空談。

兩天後，回信寄到，劈頭就是對路易的恭喜，愛因斯坦從他的論文看到他開闢一條物理學的新路：「他掀起了巨大面紗的一角。這是第一道在量子世界困境微露的曙光，是我們這一代最了得的光。」

三、耳朵的珍珠

一年後，德布羅意的論文送到一位傑出但遭逢挫敗的物理學家手中，他認為物質波會增強，甚至到達怪物般的比例程度。

在兩次世界大戰之間，薛丁格嘗遍席捲歐洲的多數不幸；他破產、染上肺結核，短短兩年間面對父親和祖父垂死掙扎，最後失去至親，此外還遭受一連串私人和工作上的羞辱，斷送職業生涯。

相較下，薛丁格在第一次世界大戰的日子顯得異常平靜。一九一四年，他入伍成為軍官，被遠派去指揮一支奧匈帝國的砲兵隊。他出發前往義大利，帶著兩把從自己口袋掏錢買的滑膛槍，但是他從沒遇到開槍的機會。之後，他被轉派到義大利北部上阿迪傑山區的一座碉堡，在那兒呼吸高山的新鮮空氣，同個時間，在兩千公尺以下，有數不清的士兵正開始挖掘壕溝，最後那裡成為他們的斷魂地。

他只有一次真的嚇破膽，那是發生在他完成堡壘塔樓十天的輪班後。薛丁格在觀星時睡著了，他醒來時看見山腰有一排往前行進的光點。他嚇得跳了起來，從光點覆蓋的範圍，他計算出那是一支至少兩百人的部隊，約他的連隊人數的三倍。他心慌意亂，害怕就要參加一場真槍實戰的戰鬥，他在房間裡從一側跑到另外一側，不記得該按下哪種警報鈴聲。當他跑去警告全連隊，卻發現那些燈光一動也不動；他拿起望遠鏡一看，發現那不過是聖艾爾摩之火，來自圍繞堡壘的鐵刺網尖端放射出的電漿體，是一場即將來臨的暴風雨的靜電所引起的。薛丁格著迷地看著那些藍色光點，直到全部消失無蹤，往後餘生，他一直念念不忘那些詭異的亮光。

在戰爭期間薛丁格腦子空洞，枯等沒抵達的命令，填寫沒人批閱的報告，陷入一種極為懶散的狀態。他的下屬抱怨他睡到午餐時間才起床，然後整個下午又睡午覺。他一天二十四個小時都感到昏昏欲睡，連站個五分鐘都無法忍受。他像是忘記了所有同袍的名字，他的心智彷彿被一種有毒的瘴氣所腐蝕。

雖然他試著利用休息時間翻閱同事從奧地利寄來的物理學文章，卻無法專注閱讀；他的每個思緒都交纏在一起，他心想，自己快被戰爭的煩悶逼出精神病。睡、吃、打牌。睡、吃、打牌。這是人過的日子嗎？他在日記寫下這句話。我不再問自己戰爭何時結束。但這樣的日子會結束嗎？一九一八年十一月，當奧地利簽署停戰協定之後，薛丁格回到鬧饑荒的維也納。

接下來幾年，薛丁格親眼目睹他成長的世界如何澈底崩塌：皇帝退位，奧地利變成共和國，他母親人生最後幾個月得忍受赤貧，她的身體已經遭棲息在她胸部的癌細胞吞噬。儘管戰爭已經結束，英國和法國仍聯手採取經濟制裁，薛丁格無法挽救家族的油氈工廠受影響而破產。勝利的強國冷眼旁觀奧匈帝國瓦解，數以百萬計的人民苦苦求生，他們沒有食物和木炭過冬。維也納的街道上處處可見傷殘士兵，他們身上背負著如影隨形的戰場幽魂；他們的神經遭壕溝的毒氣摧殘，五官因而扭曲成醜陋的表情，他們的肌肉不斷抽搐，晃動著掛在磨損制服上的勳章，發出的叮咚聲彷彿某個痲瘋病患營地響起的鐘聲。百姓得接受軍隊的監控，但是士兵和他們得安撫的人民一樣體弱氣虛、骨瘦如柴；他們一天分配到不到一百公克的肉，上面還長滿肥大的白蛆。當軍隊分發從德國而來少的可憐食糧時，現場混亂不堪：薛丁格曾在一場混亂中，看見人群是如何將警察推下馬背。不到五分鐘，那匹馬被圍繞在四周的上百名婦女分屍，瓜分光最後一丁點肉。

薛丁格靠著偶爾在維也納大學授課的微薄薪水掙扎過活。其他時間，他無事可做。他把時間花在鑽研叔本華的著作，透過他認識了吠檀多哲學，因而領略了，在廣場上遭分屍的馬那雙驚恐的眼睛，也是為牠的死哭泣的警察的那雙眼睛；咬住生肉的牙齒，也是在山丘上咀嚼青草的牙齒，從馬的胸腔猛力拔出巨大心臟時，噴濺在那些婦女臉孔上的鮮血，也是她們自己的鮮血，因為所有個我的表現都只是「梵」的倒影，是藏在世界百態之下鐵一般的事實。

一九二〇年，他娶了安瑪麗．貝爾特爾（Annemarie Bertel），但是婚前洋溢在兩人之間的幸福，不到一年就消失殆盡。薛丁格找不到好工作，妻子當祕書的月薪比他當教授的年薪還高。他逼妻子辭職，變成流浪物理學者，拖著妻子從一個低薪職位換到下一個：他們從耶拿到司徒加特，從司徒加特到布雷斯勞，再從那裡到瑞士。當他接下擔任蘇黎世大學的理論物理學主任後，命運看似好轉，但不過一個學期，他就罹患嚴重的支氣管炎，不得不暫停授課，而這個病成為他往後得到肺結核的初步病兆。他被迫在山上新鮮空氣中休養九個月，由妻子陪同他入住位於瑞士阿爾卑斯山上奧托・赫爾維希（Otto Herwig）醫生開設的療養院，接下來幾年，他的肺部健康狀況隨著每回從療養院返家逐漸惡化。第一次住院，薛丁格在魏斯峰接受高山療法，算是完全康復，卻也留下一個奇怪的後遺症，沒有任何一個醫生能找出原因：他的聽力變得超級敏感，到了近乎超自然的地步。

一九二三年，薛丁格三十七歲，他終於在瑞士過上舒適的日子。他和安瑪麗各自有好幾個情人，但兩人都能忍耐彼此的不忠，過著相安無事的日子。他唯一感到痛苦的，是感覺白白糟蹋自己的才能。他自小智力高人一等：在中學總是拿最高分數，拿手的不只是喜歡的科目，而是所有學科。他的同班同學早已習慣薛丁格無所不知，幾十年後其中一人曾回憶，青少年時期的薛丁格只有一次回答不出老師提出的問題：蒙特內哥羅的首都是哪裡？他的天才稱號跟著他直到維也納大學，大學同學叫他「薛丁格那傢伙」。他對知識的飢渴，促使他橫掃所有科學領域，甚至連生物學和植物學都沒錯過，但是他平日也醉心圖畫、歌劇、音樂、語文學和古典學。他無止盡的好奇心，加上他對於精確科學過人的天分，讓他的老師們預言他將前途無量。然而，一年年過去，薛丁格變成眾多物理學家的其中一個。他的論文沒有一篇有突出表現。他沒有兄弟姊妹，和安瑪麗也沒生兒育女，如果他在這個年紀就撒手人寰，那麼他的家族姓氏將永遠消失。他的生理不孕和才智枯竭讓他幻想離婚；或許他應該放棄一切，重新開始人生，或許他該戒酒，不再追逐他認識的每個女人；或者忘掉物理學，全心奉獻其他熱情。或許，或許……。整整一年，他大多數時間都在思索這件事，但是他唯一做的是跟妻子吵架，利用她跟他的學院同事荷蘭物理學家彼得．德拜（Peter Debye）打得火熱，越吵越激烈。薛丁格對一成不變、日益黯淡的未來失去期待，再次陷入世界大戰期間那種差點害死他的麻木感。

就在渾渾噩噩度日之際，校長邀他主持一場座談會，談論有關路易．德布羅意的論點。薛丁格全心全意投入準備，抱著一股他在學生時代也不曾感受過的熱情。他把這位法國物理學家的研究從裡到外分析一遍後，立刻和愛因斯坦一樣承認小王子的論文令人刮目相看。最後，薛丁格找到可以抨擊的點，於是在座談會上當著全物理系的面前賣弄一番，彷彿介紹的是自己的研究：他解釋，引起許多問題的量子力學可以靠傳統圖表馴服。他們沒有必要為了那樣的尺度，改變物理學科的基礎。他們的物理學，不需要分為巨觀和微觀尺度。薛丁格對他們說，我們只要借用該死的神童海森堡的可怕代數，就安全了！這引來同事一陣笑聲。薛丁格更進一步大膽地說，如果德布羅意的理論是正確的，原子現象具有相同質量與性質，甚至可能是永恆的基質的個別表現。正當他要替演說下結論，德拜硬生生打斷他的話。他對薛丁格說，這樣談波的方式「太蠢」。一個談的是物質是波形成的，另一個非常不一樣，是用來解釋如何波動。如果薛丁格先生這麼不認真談論，您需要的是一個波方程式。若是沒有方程式，德布羅意的論文就跟法國貴族一樣，討喜但是沒有用。

薛丁格夾著尾巴逃回家。德拜或許沒錯，但是他的評論不只粗鄙和狂妄，而且帶有絕對惡意。他一直很討厭那個該死的荷蘭佬。光看他對安瑪麗虎視眈眈就不滿。更不用說她凝視他的樣子……。「混帳！」薛丁格在書房裡大叫。「你做夢！吃屎！去死吧！」他踢翻家具，把書本丟到地上，直到一陣狂咳，他不得不拿起手帕摀住嘴巴，膝蓋一軟倒在地上喘氣。他拿下手帕時，看見上面沾染血跡，彷彿一朵盛開的巨大玫瑰，那是肺結核再次復發的徵兆，絕對錯不了。

薛丁格在耶誕前夕回到赫爾維希醫生的療養院，他發誓，如果找不到可以堵住德拜嘴巴的方程式，就再也不回蘇黎世。

他住在從前住的同一個房間，隔壁就是赫爾維希醫生女兒的房間，醫生把療養院分為兩側，一邊收容病重的病患，一邊給病情和薛丁格差不多的病患。醫生的妻子在分娩過程死於併發症，之後他獨自擔起照顧女兒的責任。她打從會爬開始，就在病人的腳旁鑽來鑽去，因此醫生怪自己害女兒在四歲那年感染肺結核。如今這位女孩已是青少女，曾目睹幾百位和自己患有同樣病症的人死去，或許因為如此，她身上有一股超乎自然的平靜，散發著一股不屬於這個世界的靈氣，只有肺部的細菌甦醒時才被擾亂。發作時刻，她會穿著染血的洋裝，在療養院的走廊上奔跑，模樣瘦弱不堪，彷彿鎖骨就要穿透皮膚，彷彿小鹿的頭上在春天乍臨時就要冒出角。

薛丁格第一次見到她，她還只是個十二歲的小女孩，儘管年紀小，卻已深深吸引他。其他病患也跟薛丁格一樣，迷上這個不可思議的生物，他們發病和病情緩和的週期似乎也配合著她。醫生認為這是他行醫生涯中所觀察到的神祕現象，並拿來和動物界的其他奇觀比較，比如椋鳥成群結隊地飛翔，蟬成批破土狂歡，或龍蝦突然間全變異，或原本獨自生活的昆蟲卻群聚在一起，溫馴的性情大變，轉變為飢腸轆轆的蟲災，橫掃一整個區域後集體死亡，屍體變成當地生態系統過剩的食物，使得鴿子、烏鴉、鴨子、喜鵲和烏鶇狂吃下肚，直到連飛都飛不動。醫生打賭，如果他的女兒健康，他的病患也會有機會繼續存活；當她生病，他知道很快會有病床空出來。小女孩曾不只一次在鬼門關前走一遭。每當發病時，她整個人會一夜之間變模樣；她的體重急遽下降，身體縮到只有原本尺寸的一半，金髮會變得像初生寶寶一樣細薄，平日像屍體一樣慘白的皮膚轉變成透明。她在人間和陰間來來去去幾回，不曾嚐過童年的樂趣，卻隨著年紀增長得到早熟的智慧。她臥床好幾個月期間，不只讀遍父親書房裡的科學叢書，也讀完病人出院時所留下的書籍，以及長期病患轉贈的書。因為各種書籍的薰陶，加上經常閉門休養，女孩冰雪聰明，具有永不滿足的好奇心；薛丁格上一次入院，曾遇到女孩追問他關於理論物理學的最新發展，她似乎完全掌握相關消息，即使和外界沒有接觸，從不敢離開療養院太遠。醫生女兒年僅十六歲，心智、舉止和外表，都比實際年齡成熟許多。而薛丁格恰恰好相反。

他年近四十歲，外表看起來卻相當年輕，行為舉止也像個青少年。他和同年齡的人不同，不夠穩重外，穿著打扮也像個學生而不是教授，這經常帶給他麻煩：有一次，蘇黎世一間旅館的門房竟把他誤認成流浪漢，拒絕讓他投宿一間用他名字預約的房間；又有一次，他受邀參加一場深具權威的科學座談會，沒像個體面的市民搭乘火車，而是徒步穿過山區，抵達時頂著滿頭灰塵，踩著一雙滿是乾泥巴的鞋，遭到警衛攔下無法進去。赫爾維希醫生相當了解薛丁格不依循慣例的性格，他經常帶情人來療養院，儘管如此（或者正是因為如此），他還是相當敬佩他，只要他認為他健康情況允許，兩人就去附近爬山。這一次薛丁格入住的時刻，正巧遇上醫生希望女兒能展開社交生活。因此，他替女兒在達佛斯一間最有名的女子學苑註冊，無奈女孩沒通過入學的數學考試。薛丁格前腳才踏進療養院，醫生就立刻上前攀談，問他是否能花幾個小時當他女兒的家教，當然，這要看他的健康和個人工作狀況。薛丁格盡可能委婉拒絕他，然後奔向樓梯，在一股動力催促下，兩階併成一階往上踏，從他呼吸到高山稀薄空氣開始，就感到腦海浮現某個東西，他知道任何會分心的東西，就算再小，都可能會破壞這股興致。

他踏進房間，在書桌前坐下來，沒脫下大衣也沒摘下帽子。他打開筆記本，開始寫下他的想法，起先緩慢而雜亂，之後速度飛快，他越來越專注，直到四周的一切彷彿消失。他一連工作了好幾個小時，沒從椅子站起來，他感到一股電流竄遍全身，一直到太陽在地平線露臉，他過於疲累而看不清楚紙張，才拖著腳步走到床邊，倒在床上沉睡，連鞋子都沒脫下。

當他醒來時，不知道自己身在何方。他的嘴唇乾裂，耳朵嗡嗡響。他頭痛欲裂，像是喝了一整夜的酒。他打開窗戶，藉著冷空氣讓自己清醒，接著他在書桌前坐好，準備檢視他頓悟後的成果。他翻閱筆記本，卻感到胃部翻攪。他幹了什麼好事啊？他從頭到尾讀一遍，再從後面往前讀一遍，但是根本像讀天書。他看不懂自己的論點，看不懂前後怎麼連結起來。他在最後一頁發現一個方程式草圖，類似他在找的，但是跟之前的顯然沒有關連。就好像有個人趁他在睡覺時，溜進他的房間，把方程式留在那裡，這就像一個不可能解開的難題。前一晚，他經歷這輩子最重要的一次智慧噴發，此刻卻像個業餘物理學家發神經，上演自大狂的可悲故事。他揉了揉兩邊太陽穴，試著安撫自己的緊繃情緒，嚇跑腦海裡德拜和安瑪麗嘲笑他的畫面，但是他感到心往下沉。他把筆記本扔向牆壁，強大的力道讓筆記本從書脊裂開，一頁頁紙張散落在整個房間內。他對自己厭惡至極，他換套衣服，垂著頭下樓到飯廳，走到第一張空椅子坐下來。

他向服務生點了一杯咖啡，接著他發現這時正好是重症病患的時間。

他的對面坐了一位老婦人，他首先注意到的是她的纖纖玉指，彷彿經過幾個世紀的財富和養尊處優精雕細鏤而成，她端著一杯茶，那張臉孔的下半部卻完全被肺結核的細菌啃噬。薛丁格努力掩飾作噁感，但無法移開視線，一股恐懼讓他動彈不得，他害怕自己的身體也可能變形，儘管只有一小部分的病患不幸遇到，這些人的淋巴結腫得像成串的葡萄。貴婦的不自在感染了同桌的所有人；不過幾秒時間，半數的病患——和她一樣外表變形和醜陋的男男女女——都將視線轉向薛丁格，彷彿他是一條在教堂走廊上便溺的狗。薛丁格正打算離開時，感覺白色桌巾下有一隻手摸上他的大腿。那不是挑逗的撫摸，不過足以讓他到一陣電流竄過，停下原本的動作。他轉頭看向那隻手的主人，手指仍擱在他的膝蓋附近，彷彿一隻展開雙翅的蝴蝶，他看見那是赫爾維希醫生的女兒。薛丁格不敢送上微笑，害怕嚇到她，接著他以眼神感謝她的撫摸，然後專注啜飲咖啡，試著動也不動，彷彿小女孩不只摸他，而是同時摸了所有的人。當四周只剩下盤子和餐具輕柔的碰撞聲，小女孩收回手。她站了起來，撫平洋裝的皺褶，然後走向門口，她停了一下，跟兩個小孩打招呼，那對雙胞胎環住她的脖子，不想放開她，最後她送給他們倆各一個吻。薛丁格點了第二杯咖啡，但是他再也喝不下去。他就坐在那兒，直到全部的人都離開飯廳後，他走向櫃檯要了紙筆，寫了紙條給赫爾維希醫生，告訴他，他感到非常榮幸能幫忙他的女兒。

赫爾維希醫生不想擾亂薛丁格的工作時間，因此他提議上課地點在小女孩的房間，薛丁格可以從房內牆壁的一扇門直通小女孩的房間。上第一堂課那天，薛丁格一整個早上都在梳理打扮。他泡了澡，仔細刮淨鬍子，打算梳頭時，他考慮頂著凌亂的頭髮就好，但最後決定多少要保持正式的形象，因為他知道女人對他乾淨的高額頭印象深刻。他享用了一頓輕食午餐，下午四點整聽見門的另一側傳來門鎖響聲，接著輕輕兩聲敲下木頭門板的聲音，他立刻感到生殖器開始勃起，因此，他不得不坐下來等個幾分鐘，再上前轉開門把，進入赫爾維希小姐的房間。

薛丁格一踏進門檻，立刻感覺一股木頭香鑽進鼻腔，儘管根本看不見橡樹木板牆，因為牆上密密麻麻布滿上百隻的甲蟲、蜻蜓、蝴蝶、蟋蟀、蜘蛛、蟑螂和螢火蟲，不是用大頭針固定，就是擺在仿製牠們棲息地的小顆玻璃罩裡。赫爾維希小姐就坐在這個巨大昆蟲館中央的一張書桌後面等他，她望著他的模樣，彷彿當他是收藏品的新標本。女孩散發一股威嚴，霎時間薛丁格感覺自己像是害羞的小學生，對著一個對他遲到感到不耐的女老師；他對她做了個誇張的行禮，逗得她忍不住笑了出來。薛丁格發現她有一口小小的牙齒，稍微有點門牙縫，而她在這一刻才顯露真正的模樣：她還是個小女孩。薛丁格對自己從飯廳相遇開始滿腦子的幻想感到羞愧，他拿了一張椅子靠過去，立刻開始研究入學考的問題。薛丁格發現女孩腦子很靈活，並且訝異自己很喜歡她陪伴在身邊，而對她的想入非非似乎煙消雲散。他們上了兩個小時的課，幾乎默默進行，她解開最後的練習題後，他們約定下一堂課時間，接著女孩請他喝杯茶。薛丁格一邊啜飲茶，一邊聽女孩介紹由她父親捕捉和她負責製作保存的昆蟲。當她暗示她不好意思再打擾他的時間，薛丁格才發現天色已經暗下。他在門邊道別，並且和一開始一樣行禮，她回以同樣的微笑，但是薛丁格回到房間後感覺自己滑稽可笑。

他筋疲力竭，可是無法成眠。他一閉上眼睛，看到都是赫爾維希小姐俯身在書桌前的倩影，她皺著鼻子，伸出舌尖潤濕嘴唇。他不情願地下床，收拾前一天早晨丟在地板上的紙張。他想整理那疊紙，無奈力不從心。他還搞不清楚哪個論點會產出什麼結果；他唯一清楚了解的是最後一頁的方程式——完美捕捉一個電子在原子內的移動，儘管似乎跟前面寫的東西毫無關連。他從沒遇過這種事。他是怎麼創造出連自己都不懂的東西？太荒謬了！他把那疊紙塞進外皮快脫頁的筆記本，然後鎖在抽屜裡面。他不想認輸，於是從頭爬梳一篇六個月前開始寫的論文，他在其中分析了一個他在戰爭期間觀察到的奇異聲音現象：大爆炸後產生的音波，會隨著遠離起始點而逐漸減弱，但是到了五十公里的距離外會起死回生，強度似乎比起點還要劇烈，彷彿在空間前進的同時，時間卻倒退了。薛丁格有時能聽到四周的人的心跳聲，這種聲音消逝後難以解釋的重生相當迷人，可是他再怎麼想投入工作，頂多只能專注二十分鐘，接著思緒再次回到赫爾維希小姐身上。他回到床邊，吃下安眠藥。這一晚他做了兩個惡夢：他在第一個夢見到狂濤巨浪打破他的窗戶，海水淹到房間的天花板；他在第二個夢見到自己浮在怒濤翻騰的海面，沙灘在幾公尺外。他疲憊不堪，快要無法把鼻子保持在水面上，但卻不敢逃離：沙灘上有個美麗的女子正在等他，她的膚色就像木炭一樣黑，正踩在丈夫的屍體上舞動。

儘管做惡夢，他醒來後仍神采奕奕和精神充沛；他知道赫爾維希小姐會在十一點等他。然而，見到她時，馬上發現她根本沒辦法上課。她臉色蒼白，掛著黑眼圈，她解釋自己昨晚大部分時間都在幫忙父親觀察一隻蚜蟲如何生下幾十隻幼蟲。女孩對他說，這個過程最不可思議和可怕的地方，是幼蟲不過生下來幾個小時就開始繁衍自己的後代；小蟲還在母胎時就開始孕育後代。這祖孫三代一個棲息在另一個體內，就好像驚人的俄羅斯娃娃，形成一種超個體，顯示傾向超載的自然趨勢，同樣的，有些鳥類會孵化多於所能養育的後代，再強迫較大的雛鳥殘害手足，將牠們推下鳥巢。赫爾維希小姐解釋，某些種類的鯊魚狀況更糟糕，小鯊魚在母親的肚子裡孵化時，牙齒已經發育齊全，能夠吞噬慢一點才生出的手足；牠們透過手足相殘，獲得出生最初幾個禮拜所需的營養，牠們還太過弱小時，可能會成為同種魚類的盤中飧，如果平安長大，則反過來吞食牠們。赫爾維希小姐依照父親的指示，把三代蚜蟲分別裝到不同的玻璃罐，讓牠們暴露在將玻璃染成藍色的殺蟲劑中，她看著那美麗的顏色，感覺像在凝視天空。最後昆蟲當場暴斃，害她一整夜夢見牠們沾染藍色粉末的腳，幾乎無法休息。她對他說，她覺得自己沒辦法好好專心上課，但或許薛丁格先生可以陪她到湖泊附近散步，看看呼吸冷冽的空氣，是不是能恢復元氣？

外面是入冬景色。湖邊已經結凍，薛丁格撿起幾塊冰把玩，放在溫熱的手中融化。當他們繞到湖泊最遠的一端，赫爾維希小姐問他在做些什麼工作。薛丁格和她聊起海森堡的研究和德布羅意的論文，接著解釋，他在抵達療養院的第一晚或許有所頓悟，以及他寫下的怪異方程式。乍看之下，那個方程式像極了物理學用來分析海浪的其他方程式，或者用來分析穿過空氣而遞減的聲波；

然而，薛丁格希望他的方程式能用在原子內部的電子波動，勢必就要再加一個複數：也就是負一開根號。實際上，這意味著他的方程式描述的部分聲波是從三度空間發出。只有純數學能描述，曲線的高峰和低谷，在非常抽象的範圍沿著多度空間前進。不管薛丁格的聲波有多麼美麗，依然不是屬於這個世界的東西。對他來說，他的新方程式顯然把電子描述成聲波。問題在於，必須了解到底是什麼在波動！他滔滔不絕訴說時，赫爾維希小姐就坐在湖畔的一張木頭長凳上。薛丁格在她身邊坐下來時，她打開她拿在手中的書，高聲朗讀其中一段：「一縷推著一縷幽魂而生，彷彿生與死的幻海上捲起的一道道波浪。在人的一生中，當現實世界深不可測，唯一存在是物質和精神的型態的升降。每個生物體內，都沉睡著無限、未知和隱藏的聰明才智，但是終將注定甦醒，撕破遮蔽感性思維的那層網，破繭而出，征服時間和空間。」薛丁格說他從幾年前開始著迷這類的想法，而她說，前一年有一個作家來到療養院住一段時間，在這之前他在日本住了四十年，在那兒皈依佛教；他給她上了人生最初幾堂的東方哲學。接下來的午後時光，薛丁格和赫爾維希小姐熱烈談論了印度教、印度哲學吠檀多、大乘佛教，他們意外發現兩人共享一個祕密。當他們看見一道閃電照亮山巒的後方，赫爾維希小姐說他們應該馬上回療養院，因為暴風雨肯定就要來臨。薛丁格捨不得她離開，所以想找一個理由。這不是他第一次迷戀這麼年輕的女孩，但是赫爾維希小姐有一個特別的地方，瓦解了他的裝備和自信，甚至當他走到療養院的樓梯旁，竟不確定是不是該伸出手臂讓她搭，而就在猶豫當下，他的腳在台階的邊緣踏空，扭傷了腳踝。他們不得不用擔架送他回房間，他的腳腫得不得了，赫爾維希小姐得幫他脫下鞋子，好讓他能上床睡覺。

接下來幾天，赫爾維希小姐盡心盡力扮演護士和學生角色。她替他送飯菜，每天早晨拿報紙，要求他服用她父親所開的藥，讓他搭她的肩膀，跳著到廁所。薛丁格眷戀她短暫的陪伴，所以每天喝下多達三公升的水，以便有理由留她在身邊，不顧這樣多餘的移動引起疼痛。到了下午，他們繼續上課。第一天，她坐在床尾的一張椅子上，但是薛丁格得要費很大的力氣彎腰才能看到作業簿，所以她最後坐在他的身邊，他們靠得那麼近，他幾乎能感覺到她的身體散發的溫熱。他難以抗拒想觸摸她的渴望，但試著別踰矩，以免嚇壞女孩，雖然她似乎一點也不在意過分熟稔的舉動。她一離開，薛丁格就會把握她還在身邊的感覺，閉上眼手淫，但事後又感到深深的罪惡感。沒她的幫忙，他沒辦法到廁所清洗，所以拿出藏在床底下的毛巾，這個舉動就像還住在父母家中的青少年。他每一次完事後，就向自己保證明天要跟赫爾維希醫生商量暫停上課。接著，他打給妻子要她來接他，但就算他會像個流浪漢咳死在街道上，她也未曾再踏進療養院一步。任何一件事都比繼續忍受愛戀小女孩還要好，因為隨著他們更常相處，這種感覺只會加深。當他收到她送的美麗的智慧教典《薄伽梵歌》，便鼓起勇氣說出，從他開始研讀吠陀之後，深受同一個惡夢所苦。

在他的惡夢中，龐然的黑暗女神迦梨坐在他的胸口，彷彿巨大的甲蟲，壓得他動彈不得。她戴著人類骷髏頭項鍊，幾隻手揮舞著劍、斧頭和刀子，女神的舌尖滴下鮮血，腫脹的胸部淌下乳汁，灑落在他的身上，她還磨蹭她的腿間，直到薛丁格忍不住出現生理反應，這一刻，她會砍下他的頭顱，再榨乾他的生殖器。赫爾維希小姐不動聲色，聆聽他的述說，接著告訴他，這並不是惡夢，而是一種祝福：在化為女人樣貌的神祇中，迦梨女神最心懷慈悲，因為她交託「解脫」給她的孩子，她對他們的愛超出人類所能理解的境界。她告訴他，她的黑色皮膚象徵超越形體的虛無，是孕育所有奇蹟的廣大子宮，她的骷髏頭項鍊是她從身分的主要物質解放出來的自我，也就是肉身。薛丁格被黑色之母閹割，是他能收到的最好禮物，這個切除是必要的，為的是讓他新的自我誕生。

薛丁格長時間臥床，開始能心無旁騖，在方程式取得重要進展。隨著版本越接近完成階段，越是能顯見它的力量和能耐，但以物理學來理解，他認為越來越不可思議和撲朔迷離。以他的計算，電子像圍繞原子核的朦朧雲氣，像困在泳池牆壁間擺盪的波。但是，這個波是真實的？還是只是個技巧，只為了計算電子的每個時刻在哪裡？更難以理解的是，他的方程式呈現的並不是一個電子對應一個單一的波，而是各種疊加在一起的波。所有的波表述的是同一個物體？還是每一個波代表一個可能的世界？薛丁格認為是第二種可能；這樣多個波可能是對某個全新東西的最初一眼，是每一個電子從一個狀態跳到另一個狀態時，所生成的宇宙瞬間的閃光，然後無限分岔，直到無窮無盡，就像因陀羅網上的寶珠。但是這樣的東西難以想像。薛丁格不管再怎麼絞盡腦汁，還不懂怎麼會和他最初的設想天差地別。他想要簡化次原子世界，他尋找萬物的共同本質，卻創造了一個更大的謎。他沮喪不已，無法再鑽研下去，他唯一還能想的，除了腳踝疼痛外，只有赫爾維希小姐的倩影，這兩天她缺了課，因為要幫忙父親籌劃慶祝耶誕節的活動。

平安夜晚上，療養院的所有病患——不分罹患哪種病——都來參加一年比一年更盛大的慶祝會。這個活動慶祝的是全歐洲的傳統習俗，連地中海東岸在時間洪流中失傳的異教慶祝儀式也包括在內，在那兒，慶祝的不是基督降臨而是冬至，也就是北半球一年最漫長的黑夜，十二月二十一日夜晚過後的曙光重返。病患堅持慶祝儀式不可少，他們像古羅馬人慶祝農神節，半裸身體在走廊上奔跑、吹口哨、敲鐘打鼓，接著挑選他們的道具服，準備參加盛大宴會。薛丁格討厭慶祝活動，當赫爾維希小姐到他的房間上課，他馬上抱怨那場蠢人的嘉年華會過於喧鬧，害他夜裡無法睡覺。她在他驚訝的注視下摘下胸針，然後拿到嘴邊，咬下上面的珍珠；她掀起洋裝的下擺把珍珠擦乾，俯身向前，把珍珠塞進他的耳朵。她解釋，她每次偏頭痛時就是這麼做，她堅持他要收下珍珠，以答謝他願意花時間在她的身上。薛丁格問她是否要參加這一年的慶祝會，他想像她一絲不掛，只戴上面具，儘管他知道她絕對不可能這麼做。她老實說她討厭耶誕節：這是療養院最多病人過世的時節，不管是在慶祝會上酒酣耳熱，還是盡情跳舞，她都無法忘掉有這麼多人離開世界。薛丁格打算開口回些什麼時，她往後仰，彷彿被人在胸口開一槍似的倒臥在床上。「您知道我離開這裡之後，最想先做什麼事？」她問他，一抹微笑點亮了臉龐。「我想大醉一場，然後找個最醜的男人上床。」薛丁格拿下耳朵的珍珠問：「為什麼要挑最醜的？」她回過頭直視他的眼睛說：「因為我希望這是我能自己選擇的第一次。」薛丁格問她難道從沒和男人在一起過。赫爾維希小姐吟誦：「不論是男人、女人、動物、禽鳥、野獸、上帝或者惡魔；不論是物質的還是不具形體的；不論是那個、這個，還是其他的。」她慢慢地從床上坐起，彷彿一具慢慢返回人間的屍體。薛丁格再也按捺不住：他告訴女孩，她是他見過最迷人的生物，從在飯廳被她觸摸的那一刻起，他就對她朝思暮想。他們一起度過的這段短暫時間，是他這十年來最快樂的日子，他只有在想她才會充滿能量。他一想到要回蘇黎世就覺得惶恐，他相信她一定能通過入學考，很快就會前往住宿學校，而他再也不能見到她。赫爾維希小姐默默聽他告白，視線一直落在窗邊；窗外有一排綿延不斷的小簇燈火，從山谷沿著蜿蜒的小徑而上，前往魏斯峰峰頂，隨著朝聖的隊伍越是往前，幾千把火炬越是通亮，太陽已落至地平線以下。「我小時候非常怕黑。」最後她終於開口。「我一整夜都不敢睡，就著祖父送我的燭台閱讀，一直熬到天色開始濛濛發亮才睡。那個時候，我弱不禁風，所以父親不敢處罰我；他為了解決這個問題，便告訴我，燈光是一種稀少的資源。如果太常用而用完，黑暗將籠罩萬物。我怕黑夜無止盡下去，所以說服自己吹熄蠟燭，但是卻養成更奇怪的習慣，那就是我會在天黑前上床睡覺。這在夏天很容易做到，我有一整天可以利用，可是到了冬天，我就得在吃完午餐幾個小時後躺上床，所以睡覺的時間比清醒時還長。一年當中，最糟糕的黑夜就像今晚，冬至的夜晚。療養院的少數幾個孩子會玩到半夜，他們跳舞，沿著走廊奔跑，而我得熬夜到隔天清晨，撿拾他們在漆黑中遺失的糖果，再把裝飾用的金箔片編織成王冠。九歲時，我決定面對自己的恐懼。我就在這個房間，站在同樣這扇窗前，等到太陽沒入地平線，日落的速度相當快，彷彿厭倦了自己的光芒，任憑一股超越地心引力的力量拉扯，就這麼一次永遠消失。正當我要鑽進被窩哭泣，瞥見小徑上的火炬。我還以為那是我的想像，因為在這個時間點，我經常混淆夢境和現實，但隨著火光往上爬，我終於分辨出手拿火炬的人形輪廓。當他們點亮巨大的木頭像，我看見男男女女圍著它跳起舞；我打開窗，聽見他們高歌，歌聲清楚而嘹亮，透過冷冽的高山空氣傳送過來。我迅速換好衣服，要求父親帶我去看燃燒的火堆。他看見我晚上還醒著，感到非常驚訝，於是放下手中一切，陪我出門。我們手牽手一起走著，天氣寒冷，但我和他握在一起的手掌是滲汗的。我們在接下來每一年都這麼做，不管天氣或我的健康情況好壞，這就像是我們一次又一次要實現的誓約。今年是第一次我們沒去的夜晚。已經沒有必要：那個火堆早在我的心中點燃，燒盡舊有的一切。我對事物的感覺已經和以前不同。我不再有和他人綁在一起的牽絆，或者必須珍藏的回憶，或者推著我繼續前進的夢想。我的父親，這間療養院，這個國家，這些山巒，這裡的風，從我嘴巴說出的話，對我來說都像是幾百萬年以前死去的女人的夢一樣遙遠。您眼中的這具軀體，醒著、吃飯、成長、走路、講話，和微笑，但是裡面除了灰燼，已經什麼都不剩。薛丁格先生，我不再恐懼夜晚，您也應該如此。」赫爾維希小姐從床邊站起來，走回她的房間。她在門檻停了一會兒，身體靠著門框，彷彿突然間喪失力氣。薛丁格哀求她不要走，試著想起身追過去，但是他還沒踏出一步，門已經關上。

這一晚薛丁格一直把珍珠塞在耳朵，他忘不掉女孩把珍珠放在嘴邊的模樣。她抿嘴咬著胸針，拿出珍珠時一絲唾液泛光。他對她的告白羞愧不已，在失眠中萬念俱灰，他拿出珍珠放在手掌開始自慰。當抵達高潮那刻，他聽見赫爾維希小姐開始咳個不停，他一跛一跛走到洗手盆邊，對自己感到作噁。他把珍珠洗了一次又一次，讓水還原它原本的光澤，接著塞進耳朵，這時不是為了抵擋慶祝活動的喧鬧，而是隔壁女孩停不了的咳嗽聲，他聽了一整晚，不知道那讓人憐憫的「斷音」（Staccato）是來自他所愛的女孩的喉嚨，還是只是他的幻想，因為隔天醒來後他還繼續聽見，就像雨滴那樣規律而令人發狂，而且似乎是滲透到他的體內，因為他一動就咳，咳到最後氣喘吁吁。

他加入了病患的日常作息。

他在泳池漂浮，蓋著皮毛露天睡覺，在山區冰冷的空氣和三溫暖的炙熱中燒凍肺部；他接受油壓按摩背部和拔罐的折磨，他和其他住院病患一起拖著腳步從一間廳堂走到另一間，感覺人生只剩下不斷重複的療程，卻能感到放鬆。這一切，他唯一感到真的有用的是腳踝奇蹟似地復原。很快的，他不再需要拄拐杖走路，不用花太多時間待在房間；他真的鬆了一大口氣，否則他會聽到隔壁女孩痛苦的怨嘆和呻吟，聲音是那樣清楚，就好像他們是躺在同一張床上。夜幕降臨後，薛丁格和其他病患會付錢，跟一個在療養中心當救生員的女孩上床，這是赫爾維希醫生還能容忍的範圍。在白天，如果沒有療程，薛丁格會像夢遊一般在療養中心四處遛達，他走過數不清的長廊，試著別去想赫爾維希小姐、他的方程式，或是他的妻子，當他這幾個禮拜對一個年輕女孩魂牽夢縈之際，想必她也在床上享盡雲雨之歡。他想著等康復後得重拾教鞭，想著令人厭煩的一成不變，想著學生茫茫然的眼神，想著在手指間磨光的粉筆，而突然間，他似乎看見人生下半場，彷彿一幕幕同時發生的平行畫面，有非常多機會分岔成不同的路徑；在其中一條路徑，他和赫爾維希小姐私奔，一同展開新的人生；在另一條，他的健康急遽惡化，最後被自己的鮮血淹死，魂斷療養中心；在第三條，他被妻子拋棄，但是在工作上大放異彩，儘管在大部分的路徑上，薛丁格的命運依然一樣不變，依然和安瑪麗是夫妻，當教授教書，直到死神在歐洲某間不知名的大學找到了他。他沮喪不已，下樓到露台去呼吸點新鮮空氣，但沒料到外面的景色如此令人悲傷，像是有人把整個世界刪去。湖泊不再是群樹圍繞，也沒了遠處高山環抱，而像一座巨大的停屍間，覆蓋一層平滑而慘白的雪，讓人分辨不出風景的樣貌。道路全部堵塞。薛丁格就算想也無法離開療養中心。他回到室內，感到一種無法忍受的密閉窒息感包圍，一如幽閉恐懼症。

他的健康情況隨著新年的腳步將近惡化。他整個人開始發燒，不得不暫停散步，待在床上休養。他感覺像被剝了皮，對棉被的摩擦感到不適。如果閉上眼睛，他就會聽到飯廳傳來的湯匙碰撞聲，遊戲廳的棋子移動聲，廚房的鍋子冒著熱氣的尖銳響聲。不過他沒迴避，而是專注聽這些聲音，好忽略赫爾維希小姐的呼吸，那種空氣幾乎無法進入她腫脹的喉嚨，無法灌滿她的肺部，所發出的空氣嘶嘶聲。薛丁格必須按捺渴望，才能不去推倒那扇隔開他們的門，把生病的女孩擁在懷中，他使不上力氣，甚至做不到替表述他的方程式的論文命名。他決定就這樣發表，如果真的有意思，就讓其他人來拆解吧。老實說，他已經不在乎：每一次赫爾維希小姐咳嗽，他就會感到痙攣狠狠地襲來。這樣惡化的狀況似乎影響了整座療養院。清潔人員已經兩天沒來打掃房間，當他打給櫃檯抱怨，卻被告知所有人都在忙比他的問題更重要的事。這天早上有兩個孩子死了：他們是薛丁格在飯廳看見的那對緊抱赫爾維希小姐脖子的雙胞胎。薛丁格無處發洩怒氣，只好要求如果路通了，請他們通知。他想盡早離開這裡。

第二天，一場暴風雪來襲。薛丁格整個早上都待在床上，凝視一團團雪花慢慢地在窗邊堆積，最後睡著了。他聽見兩下敲門聲，清醒過來。他下床，頂著一頭亂髮，穿著沾有食物汙漬的睡衣，但是一打開門，他看到的人遠比自己蓬頭垢面。赫爾維希醫生看起來就像薛丁格看過從壕溝返回的士兵，睜著彷佛暴露在芥子毒氣中的眼睛。醫生請他原諒房間髒亂不堪。目前療養中心正遭逢巨大危機。他收到櫃檯通知說他打算離開，他來的目的只是要傳達女兒的心願：能不能在離開前再上一堂課？醫生低下頭請求，彷彿他的哀求是恬不知恥和難以原諒的。薛丁格差點掩不住他的欣喜若狂。醫生說他並不想打擾他，說他很清楚要求太過分，但薛丁格已經笨拙地換好衣服，表明自己不但沒問題，還倍感榮幸，他可以馬上就上課，只是需要幾分鐘梳洗，如果找得到鞋子的話，或許不需要這麼久吧，只是他的鞋子到底在哪裡！醫生一臉漠然，望著眼前男人踩著踉蹌的步伐在房間打轉，而薛丁格不懂他的表情，他在這個世界最感激的是他的要求呀，然而見到赫爾維希小姐，他恍然大悟。

她面無血色、骨瘦如柴，陷在一大堆靠墊之間，彷彿在一朵巨大的花朵中被花瓣簇擁。薛丁格看見她幾乎是形銷骨立，不禁問自己難道他們在不同時空，時間流逝的方式不同；真的很難想像她在短短幾天會有這麼劇烈的變化。她脖子的皮膚變成透明，血管清晰可見，甚至薛丁格只看著她，就能測量她的脈搏。她的額頭布滿一顆顆汗珠，雙手因為高燒而顫抖，體型萎縮成只有一個九歲的小女孩大小。薛丁格不敢踏入房間。他杵在門檻處，赫爾維希醫生在他後面等著，直到她睜開雙眼，面帶斥責看著他，一如上第一堂課的表情。女孩請求父親讓他們獨處，對薛丁格說請坐下。

薛丁格準備去拿椅子，可是她拍拍身邊的坐墊，邀他到床邊來。薛丁格不知該把視線擺在哪裡；他無法想像，他朝思暮想的女孩就是此刻的她。當他聽見她要他檢查作業，鬆了一大口氣；她完成了最後一批題目。薛丁格檢視簿子上的練習題，一開始上面的數字恍若天書；他詫異自己竟然無法解開簡單的學生方程式題，那可是他親自出給她做的。他為了掩飾，先要求她解釋唯一有點難度的一題是怎麼求出結果的。赫爾維希小姐說她不知道怎麼解釋；她說答案自然而然浮現在她的腦海，接著她費了好大的力氣來回推敲計算過程。薛丁格告訴她，他也有過一樣的經驗，但是上大學後，他為了取悅教授，放棄這種研讀數學的直覺方式。他一直到現在才再次放任直覺奔馳，但是走得太遠，不知道怎麼找到回頭的路。赫爾維希小姐問，他的方程式是否有進展。薛丁格站起來，一邊來回踱步，一邊告訴她，他的方程式有一個詭異之處。

他說，方程式乍看之下十分簡單：使用的是一套能表述它未來發展演化的物理系統。不管表述的是粒子或電子，都能呈現它們可能的狀態。問題在於它的中心項數，也就是方程式的靈魂，薛丁格以希臘字母普西（Ψ）來表示，並命名為「波方程式」。量子系統所有的資訊都編碼在波函數。但是薛丁格不知道這是什麼。波的形狀不能當作真實的物理現象，因為不是在這個世界波動，而是在一個多維度空間。或許這只是一個數學結果。唯一可以確信的是它的力量是無限的。薛丁格的方程式至少適用在整個宇宙；結果就是波函數裡面封存所有事物的未來演化。但是，他要怎麼說服其他人像這樣的東西是存在的？普西是無法測得的；不會在任何工具留下足跡，無法被最高明的器具捕捉，連最先進的實驗也做不到。這是全新的東西，某個完全不同於這個世界本質的一種本質，無法用最精確的方式描述。薛丁格知道他下半輩子都會念念不忘這個發現，但是他不知道該怎麼解釋出來。這不是從以前的方程式所延伸出來，也不是從已知的基礎發展而出。這個方程式就是開端，是他的腦子從無中生有的東西。當他轉過頭，想確認赫爾維希小姐是否能跟上他的長篇大論，卻發現她已經熟睡。

薛丁格發現她還是跟以前一樣美麗。他移開她身邊的靠墊，撥開一綹垂在她臉龐的髮絲，忍不住想要觸摸她。他輕輕地撫摸她的頸子、肩膀、鎖骨，順著睡袍的綁線直到她微微隆起的胸部輪廓，逗留在他想像的乳尖位置。他往下滑到肚臍，停在距離陰部幾公分處，發著抖，不敢繼續往前。他閉上雙眼，屏住呼吸，聆聽赫爾維希小姐斷斷續續的呼吸聲，當他睜開眼睛，竟看到她化身為他惡夢中的女神，一具膚色黝黑的屍體，皮膚布滿化膿的傷口，嘴巴伸出下垂的舌頭，一邊笑著一邊伸手撥開閉緊陰道的陰唇，那兒有一隻揮舞手腳的甲蟲困在交纏的白色毛髮中。這幅幻影僅僅持續半晌，棉被又好端端的蓋在赫爾維希小姐身上，她依然熟睡著，彷彿未曾被吵醒，但是薛丁格嚇得落荒而逃。

他收拾好他的文件，沒付清帳單就逃離療養中心，他逆著風，在暴風雪中拖著行李往前走，想要走到火車站，但不知道道路是不是還被大雪封住。

四、不確定性的場域

回到蘇黎世後，薛丁格不但恢復健康，還像是突然間被天才附身。

他在短短六個月內寫下五篇論文，把他的方程式擴充成完整的力學，一篇比一篇還要令人讚嘆。馬克斯・普朗克（Max Planck）是第一個假設能量量子存在的人，他寫給薛丁格表示，他帶著雀躍的心情拜讀大作，「彷彿一個孩子在飽受某個情境猜謎折磨多年後，終於聽到解答。」保羅・狄拉克（Paul Dirac）更是大力讚揚：這個古怪的英國天才是數學傳奇人物，他說薛丁格的方程式確實囊括所有到當時為止的所有物理學，還有所有化學——大致上是這樣沒錯。薛丁格奪得了榮耀。

沒有人敢否認新的波動力學的重要性，儘管有些人開始提出薛丁格曾在赫爾維希醫生的療養院時疑惑的同一個問題。「這真是個絕美的理論。是人類所能發現的最完美、精準和美麗的理論。但是其中有非常奇怪的地方。它就好像在警告我們：『各位別把我看得太認真。我所展示的世界，和你們在使用我時所在的世界，是不一樣的。』」歐本海默這麼寫道，他是首批質疑波函數說的東西超越現實。薛丁格踏遍歐洲介紹他的理論，所到之處都贏得掌聲，直到他遇見海森堡。

在慕尼黑的禮堂上，薛丁格甚至還沒介紹完，這位年輕氣盛的對手就衝上舞台，擦掉他用粉筆寫的計算，寫上他自己可怕的矩陣。對海森堡來說，薛丁格所提出的是不可原諒的退步想法。無法使用古典物理學的方法來解釋量子世界。原子可不是簡單的玻璃彈珠！電子不只是水滴而已！薛丁格的方程式或許美麗也堪用，但是重要的是，如果不承認那個尺度的物質非常詭異，這就錯了。海森堡感到氣憤填膺的不是波函數（誰知道這是什麼東西），而是定律問題：儘管大家都被薛丁格所給予的工具所迷惑，他卻知道那是一條死胡同，是一條只會使他們偏離真正理解的單巷。因為他們沒有一個敢去做他在黑爾戈蘭島受苦受難的成果：不只是計算，還要以量子方式思考。海森堡的叫喊越來越大聲，他想要壓過聽眾喝倒采，讓大家聽到他的聲音，不過並沒有成功。相反的，薛丁格保持絕對的冷靜；這是他生平第一次感覺凌駕自己的官能之上。他深深相信他的心血結晶具有不可質疑的價值，這位德國年輕小伙子的怒氣不關痛癢。在主持人把海森堡轟出去前，薛丁格在眾人助陣下，對他說，在這個世界上，的確存在無法用常理的隱喻去思考的事，但是原子內的結構不屬於這一類。

海森堡垂頭喪氣返家，不過他沒認輸。接下來兩年，他在各種座談會和刊物駁斥薛丁格的理論。但是他的對手似乎受上天眷顧；壓倒兩人爭鬥的最後一根稻草，是薛丁格在一篇論文提到，他和海森堡的觀點在數學方面是一致的。用來解同一個問題，會得出完全一樣的結果。所以只是兩套處理同一個物體的方法，只是他的那一套允許用直覺理解，所以遠占上風。他想對年輕氣盛的海森堡說，要看到次原子粒子並不需要氣燄高張。論文最後，薛丁格像是當面嘲笑海森堡，寫著：「我們可以使用奇數爭論次原子的理論，這是完美的方法。」

海森堡的矩陣物理學落入遭到遺忘的命運。他在黑爾戈蘭島上的頓悟在科學的尾端都排不上。似乎每天都有人透過他的矩陣發表新的研究成果，但是都詮釋成薛丁格的高級的波動語言。當海森堡都無法用自己的矩陣衍生氫原子光譜，被迫借用對手的理論，心中的恨意沸騰到了極點：計算時，他咬牙切齒，彷彿想拔下一顆顆牙齒。

儘管他還相當年輕，卻迫於父母施壓，不得不糟蹋天賦，在德國尋找教授職位。後來海森堡前往丹麥當波耳的助手，住在哥本哈根大學理論物理學波耳研究所的閣樓小房間，屋頂是斜的，所以走動時要低著頭，他有一本父親稱作丹麥物理學家波耳「代位條件」的備忘日誌。

波耳和海森堡有許多相似處：他和他的門生一樣，成名是因為他的論點具有爭議性的黑暗面，儘管大家都尊敬他，卻有許多人說他的理論更偏向哲學，而不是物理學。波耳是首批接受海森堡的新假設的人，但是他也是助手一直以來的挫折來源，因為他認為不論是薛丁格的波動方程式還是海森堡的矩陣，都會基於一種新原理而結合，他稱為互補原理。

波耳沒試著解決這兩套力學之間的矛盾，反而加以擁抱。在他看來，基本粒子的特性源自一種只在某種特定環境才具效用的關係。不能只以單方面來看。在一個實驗中，這兩套方法會呈現波的屬性；在另一個實驗中，會呈現像是粒子。這兩種觀點既獨特又敵對，卻是互補的：它們不是彼此完美的倒影，而是存在於這個世界的單一模型。它們合而為一，讓我們對自然界有更完整的概念。海森堡厭惡互補原理。他相信，一定得要發展出一套獨一無二的觀念系統，而不是互相矛盾的兩套。一旦做到，必定攻無不克；如果要了解量子力學，代價是必須根除現實這個概念，那麼他願意賭一把。

他沒關在房間裡研究的時間，通常會聳肩低頭四處散步，或者和波耳爭論到天色破曉。他們持續爭吵了好幾個月，一次比一次還要激烈。後來海森堡吼到啞嗓，波耳便決定提前度冬季假期，好讓憤怒的門生冷靜下來，否則他的固執只會和他硬碰硬，他的性格無法掙脫厭煩的情緒。海森堡少了波耳的相反意見，只得和心中的惡魔單打獨鬥，很快地，他變成自己的死對頭。他自言自語，無法自拔，在這些漫長的時間，他化身為二，先扮演自己提出爭議，再興致勃勃的扮演波耳，彷彿飽受多重人格折磨之苦，他很快就將老師模仿得維妙維肖，尤其是他最受不了的賣弄學問語氣。他背叛自己的直覺，把矩陣行列丟到一旁，試著想像電子像一束波。如果把薛丁格的方程式用在一個電子圍繞原子核運轉，那麼真正表述的是什麼？毫無疑問，那不是真實的波，多了好幾個維度。或許他的方程式會表述電子的所有可能狀態——能量高低、速度和座標，但同時間又彷彿是多張照片，一張張疊在一起。有一些比較清楚：這些是電子比較可能的狀態。難道是機率形成的波？是機率分布？法國人把波函數翻譯成「存在位置的密度」（densité de présence）。這是薛丁格的力學所能看到的一切：朦朧的影像，模糊、漫射和不確定的存在位置，某個不屬於這個世界的東西的足跡。但是，如果有人同時思索這個觀點和他自己的觀點的可能性呢？

他認為答案太過荒謬和耐人尋味：電子同時間既是縮成一點的粒子，也是在時間和空間延伸的波。他的頭腦塞滿太多矛盾而昏頭轉向，他也氣自己無法推翻薛丁格的理論，所以他決定出門，到大學四周的樹林散步。

這時已經是大半夜，但是他沒注意，一直到他冷得受不了，只得躲到這時還營業的唯一場所，那是一間哥本哈根夜貓子聚集的酒吧，有藝術家、詩人、罪犯和妓女，在裡面交易他們需要的古柯鹼和大麻。海森堡成長在清教徒嚴肅儉樸的環境，儘管每天從這裡經過，他的幾位同事也是常客，他卻從未踏進這裡。他打開門，迎面而來的惡臭彷彿一巴掌甩在他的臉上。若不是外頭太冷，他絕對會立刻掉頭回他的房間。他直直走到酒吧盡頭，在唯一的空桌坐下。他舉起手招來一名黑衣男子，猜想他可能是服務生，但是那個傢伙非但沒幫他點餐，還在他的桌邊坐下來，睜著一雙炯炯有神的眼睛打量他。「教授，今晚想喝點什麼？」他對海森堡說，同時從外套裡面拿出一小瓶酒。男子往後看去，這個姿勢讓老闆看不到海森堡想呼喚他但太過含蓄的動作。「教授，別管他了，這裡歡迎每個人，即使是像您這樣的人。」他對海森堡說，同時對他擠擠眼，把酒瓶放在桌上。海森堡馬上對陌生人反感。這個傢伙為什麼在他面前頤指氣使？彷彿他比他年長至少十歲？海森堡繼續呼喚服務生，但是陌生人趴在桌上，像是一頭醉倒的大熊，那肩膀幾乎遮去他的視線。「教授，或許您不信吧，剛才有一個七歲小孩坐在你的位置哭個不停。我敢打賭，那是全世界最悲傷的孩子，我到現在還能聽到他的哭哭啼啼聲呢。這樣您有辦法專心寫東西？您嚐過大麻嗎？一定沒有。今天沒有人有空。只有小孩，小孩和酒醉的人，但是教授，可不是像您這樣的人，你們正在改變世界啊。還是我搞錯了？」海森堡不答腔。他決定不蹚渾水，他站了起來，這時瞧見男人手中露出的金屬光澤。「教授，別急，我們有一整夜的時間。放輕鬆，讓我請您喝一杯。不過我想您喝烈一點的比較恰當吧？」他把酒瓶的內容物倒進他殘留啤酒的玻璃杯，然後推到海森堡的面前。「教授，我注意到你一臉倦容。您得小心一點。您知道心理受傷的第一個癥狀是無法面對未來？如果您已經注意到這一點，您一定會發現，我們能輕而易舉控制人生的一個小時，而要控制我們的思想有多麼難如登天！譬如您，看起來就像被附身。被自己的聰明才智主宰而退化。教授，您中蠱了，您在自己的腦袋裡被榨乾。來吧，喝酒。別再讓我求您第二次。」海森堡往後退去，但是陌生人抓住他的肩膀，舉起玻璃杯遞到他的嘴邊，海森堡看一眼四周想要求救，卻發現全酒吧的人都在看他，臉上沒有半點失措，彷彿正在見證每個人都必經的某種儀式。他張開嘴巴，一口氣灌下綠色液體。男人臉上浮現微笑，他往後倚去，雙手環住後頸：「教授，現在我們總算可以像兩個文明人說話。相信我，我懂那些東西。那個讓空間和時間交織成一條線，那個要一直保持波動。有哪個人受得了一輩子待在一個地方？只有石頭受得了吧，但教授，像您這樣的人可受不了。您最近收聽廣播嗎？我製作了一個節目或許您會感興趣。這個節目是給孩子收聽的，但是他們得要跟您一樣具有好奇心和勇敢。我會在節目中告訴他們我們這個時代發生的所有大災難，所有的悲劇、屠殺和恐怖事件。您知道上個月密西西比河水災，死了五百個人？湍急的河水沖破水壩，淹死睡夢中的人們。有些人認為孩子不該知道這種東西，但在我看來，不用擔心這一點。最駭人的，並不是腐爛的屍體在河中載浮載沉，腫脹的肉從屍骨剝離。不是的。真正叫人膽顫心驚的，是我幾乎頃刻間就掌握所有消息。我遠在地球的另外一端，卻知道我敬愛的伯父威利和親愛的伯母克拉拉的遭遇，這兩個老傢伙安全爬上一間糖果店的屋頂。真是太好了！如果這不是什麼黑魔術，請您告訴我會是什麼？教授，不管多少人喪命，多少人獲救，如今我們都是受害者。您太過聰明，以至於沒有注意這種事。我還記得第一次接起電話。那是在我外祖父的家，我的母親從旅館打電話給我，她想暫時擺脫我，在那裡度假。我一聽到電話鈴響，控制不了粗暴動作，立刻抓起聽筒，把話筒靠在嘴邊，我的聲音在另外一頭響起。我痛苦不已！深感無力！眼睜睜看著我的時間感、決心、責任感和空間感，全都瓦解！都怪你們製造出這樣美妙的地獄！教授，請告訴我，這一切的瘋狂是從何時開始。我們從什麼時候開始不理解這個世界？」男子雙手捂住臉，將臉皮用力拉往兩側，直到五官變形，接著趴倒在桌上，好似剎那間無法再支撐他千斤重的身體。海森堡趁著這一刻落荒而逃。

他往前狂奔，卻不知道自己跑向哪裡，他迷失在霧氣裡，像瞎子伸出雙手在空氣中胡亂揮舞，當他跑到兩條腿抽筋，跌倒在一棵巨大的橡樹根上面，他感覺心臟快要炸裂。他已經來到樹林的深處，看不見路燈的照明。那個該死的傢伙到底對他做了什麼？他冷得牙齒發顫，口乾舌燥，視線模糊，腎上腺素竄遍全身上下，差一點就要哭了出來。他唯一想做的是回到閣樓房間，但是他頭昏腦脹，站不起來。他試著想站，卻感到四周開始天旋地轉，快到他不得不抱著樹幹和閉上眼睛。

當他睜開眼睛時，看見一簇簇火焰漂浮在空中，彷彿一群發光的螢火蟲。他不再覺得冷，雙腿也不再發顫。他感到頭腦清晰，卻又昏頭轉向，就像夢見自己醒來。森林變得不再熟悉；樹根像是脈搏跳動，樹枝沒有風卻在搖曳，土地像是在他的腳下呼吸，但是他一點也不覺得驚慌。他內心籠罩一股莫大的平靜，海森堡發現這種平靜異乎尋常——因為此刻的處境，他害怕鎮定會在頃刻間化為恐懼。於是他決定專注觀看光影遊戲，以防這樣的狀況發生：光線從樹冠傾瀉而下，或從覆蓋地面的樹葉鑽出，充滿整個空間。大多數在瞬間消失無蹤，有一些停留得較久，形成一小條蹤跡。海森堡睜大雙眼，發現那些蹤跡不是連續的直線，而是一連串單獨的點。這就像小光點從一處瞬間移動到下一處，沒有通過中介的空間。他著迷望著眼前的幻景，他感覺腦袋和眼前的景象融為一體：每一條蹤跡的光點的出現都沒有原因，完整的蹤跡只存在他的腦海裡，是他的腦子將所有的點編串在一起。海森堡專注觀察每一個點，但是他越是想仔細觀察，卻是覺得它們模糊不清。他趴在地上爬行，想要抓住一個在雙手之間的小點，他像個追逐蝴蝶的孩子笑開懷，就在他差一點成功時，他看見自己被黑影軍團包圍。

數不清的男男女女睜著細長的眼睛，伸出手想要碰觸他，他們的身體像是煤灰和灰燼塑造而成。他們圍著他飛快奔跑，卻一點也沒前進，他們發出嗡嗡聲，像是蜂群陷在一張看不見的網動彈不得。海森堡想牽起一個破網爬出的小寶寶的手，但是一個爆炸，所有的形體灰飛煙滅，讓他屈膝跪下，他在樹葉堆間想搜尋任何痕跡，那些幽魂殘留的任何東西。他只找到一個小光點，唯一倖存下來的小點。他無比小心抓住那個光點，把它捧在胸前，開始踏上回宿舍的路，他頂著逆風，強風吹亂他的頭髮，拍打他的外套，他相信絕不能讓這個小點無緣無故消失在這個世界。他找到了森林的出口，他走向大學建築物。當他看見他房間的窗戶，卻感到有某個龐然大物跟在他的後面。他回頭一看，瞥見一個黑漆漆的輪廓。他嚇得拔腿狂奔，但是當他絆了一跤，他發現追在他後面的，是自己被他手中的光投射在地上的影子。他轉過身想面對自己的幽魂，他張開雙臂，打開手掌。光點和影子都同時消失無蹤。

當波耳度假回來，海森堡告訴他，他們對這個世界的了解是絕對有限的。

當他的長官一踏進大學門口，海森堡就勾住他的手，帶著他到樹林繞一圈，連給他放行李或抖落大衣上雪花的時間都沒有。海森堡拖著波耳的行李，鑽進樹林深處，根本不顧他的抱怨，對他說他結合自己和薛丁格的看法後恍然大悟，量子物體具不確定性，分布在充滿機率的空間。海森堡解釋，一個電子不只存在一個地方，而是在多重地方；電子不只有一種速度，而是多重速度。波函數展現疊加的所有可能性。海森堡把所有波和粒子之間的激烈爭吵拋到腦後，再一次專注在數學上，想找到一條出路。他分析他自己和薛丁格的數學，他發現一個量子物體的某些性質是成對存在，譬如位置和動量，遵從一種詭譎怪誕的關係。當位置的不確定性越小，動量的不確定性就會越大。比如當一個電子只在一個位置，那麼一定會固定在它的軌道上，就像被大頭針釘住的昆蟲，它的速度變得完全無法預測：它可能靜止不動，也可能以光速移動，究竟是哪一個無從得知。反過來也一樣！如果電子的動量是確定的，位置會變成無法固定，可能是在你的手掌上，或者在宇宙的另外一頭。這兩種變數在數學是互補的：一個固定，另一個就會消退。

海森堡停下腳步喘口氣。他沿路不停講著，加上用力拖行李穿越雪地，快喘不過氣來。他太過專注在腦袋中的想法，沒注意到波耳已經落後好幾公尺遠，正聚精凝神看著地面。海森堡幾乎能聽見老師腦袋轉動的聲音，正在磨碎消化他的想法，吸取其中的精髓。波耳問他，這樣的互補關係是否只影響這兩種變量，海森堡氣喘吁吁回答不只如此：它會主宰量子的許多個層面，像是一個電子在某個狀態的時間，在這種狀態具有的能量。波耳想知道這樣的關係會不會發生在所有尺度，或者只在次原子尺度：海森堡信誓旦旦說，不論是對一個電子或他們兩個都是適用的，儘管對巨觀尺度的物體的影響小到難以察覺，而對一個粒子來說卻是巨大。

海森堡拿出紙張，上面寫著他對新理論所做的計算，波耳坐在雪地上開始讀了起來。他安靜的檢視他的計算，這一刻對海森堡來說恍若永恆，結束後，他要海森堡幫他站起來。他們再次邁開腳步好驅趕寒意。波耳想知道這是不是實驗上的限制問題，在未來時代有沒有機會用更先進的科技克服。海森堡否認：這是構成物質的一個要素，是一種事物建構方式所遵從的原理，而似乎在禁止這種現象同時具有某些完全確定的屬性。他最初的直覺是正確的：想「看見」一個量子是不可能的，很簡單的就是它「不具」單一型態。當其中一個性質凸顯，意味另外一個就要退居。對於一個量子系統，最佳的描述不是一幅圖像或一個隱喻，而是一組數字。

他們離開森林，鑽進城內的大街小巷，他們討論著海森堡新發現的重要性，波耳已經認同能在這一塊基石之上建立一種真正全新的物理學。他牽起海森堡的手，以哲學術語對他說，這是決定論的終點。海森堡的測不準原理粉碎所有人的信心，他們信奉的，一直是牛頓物理學確立的鐘錶宇宙觀。在決定論者看來，只要發現支配物質的定律，就能探知最古老的過去和預測更遙遠的未來。假如所有發生的一切是前一個狀態直接的結果，那麼只需要看現在，用方程式求得相近於上帝的知識。然而這一切，都因為海森堡的發現化為幻影：我們無法掌握的不是未來，也不是過去，而是現在。就連小的粒子的狀態也無法完全理解。我們不管再怎麼抽絲剝繭事物的根基，都會有個東西是模糊、無法確定和不明確的，彷彿現實只讓我們用單隻眼看這清楚這個世界，永遠都無法用兩隻眼睛。

海森堡陶醉在激情之際，發現他們在森林裡走的路線，正是靈感泉湧的前一晚路線的相反方向：他把這件事告訴波耳，老師立刻將這個跟他們討論的東西連結起來：如果我們無法同時知道，一個電子在哪裡和如何移動，我們也會不可能預知它從一個點到另一個的正確路徑，只能知道許多可能的路徑。這是薛丁格方程式的天才之處：就某種方式而言，只用單一條線，也就是波函數，就可以把粒子的無數個命運、所有的狀態和軌跡疊加起來。一個粒子有許多穿越空間的方法，但是只選擇一種。怎麼選擇？完全隨機。在海森堡看來，已經無法絕對精確地談次原子現象。在過去，每個結果背後都有個原因，如今，卻存在非常多種的可能性。在事物最深的底層，物理學並未發現薛丁格和愛因斯坦所渴望的那種明白精確的現實，這種現實是由理性之神控制和主宰的世界，而是發現一個神奇奧妙之境，是好幾條胳膊的女神玩弄運氣的反覆無常結果。

當他們經過海森堡倉皇逃跑的那間酒吧前，波耳說這些發現值得喝一杯啤酒慶祝。老闆才剛開門營業，裡面一片空蕩蕩，但是海森堡一想到喝酒就感到胃部翻攪。他提議找間咖啡館，或許可以吃點熱的食物。老師對他說慶祝不能喝咖啡，就推著他進了酒吧。

他們在海森堡前一晚坐過的桌子旁坐下來。波耳點了兩杯啤酒，他們慢慢喝完，接著又點了兩杯，兩人一口氣灌下。喝到第三杯，海森堡對他一五一時描述前一晚在這裡發生的經過；他跟他提起有個陌生人嚇倒他，用恐懼、桌上的酒瓶、他那雙熊一般的手，最後還亮出利刃的閃光；他跟他形容那種綠色液體的苦味，那名男子告訴他的故事，和他控制不了情緒，最後夾著尾巴落荒而逃；他對他描述外面有多冷，他的幻覺有多麼美麗，樹木跳動的根，螢火蟲的飛舞，他捧在手掌間的小光點，和跟著他回到大學的巨大黑影。他說出這一切，和幾個禮拜來的生活，他所認為的不久將來，在他腦袋炸開的一堆想法，從前一晚起他內心澎湃不已的熱情；但因為某個奇怪的原因，他不知怎麼向波耳解釋，他看見腳邊有個死去的寶寶，和森林裡有幾千個形體圍住他，他們在那道刺眼的光芒中瞬間化成焦炭，彷彿想警告他什麼，而這個謎一直到幾十年後才解開。

五、上帝和骰子

一九二七年十月二十四日禮拜一早晨，在布魯塞爾灰濛濛的天空下，有二十九位物理學家穿越利奧波德公園一片結霜的草地，走進物理學院的一間廳堂，渾然不知五天過後，他們將撼動科學的基石。

這間由企業家歐內斯特．索爾維（Ernest Solvay）興建的學院，期許我們應該竭盡所能，「觀察和客觀研究這個世界的事件，並認識主宰宇宙的物理定律，以解釋和呈現生命的現象。」全歐洲老派的大師和革新派的後進齊聚一堂，出席當代最具權威性的科學研討會，也就是索爾維的第五屆研討會。這是一場薈萃一堂的空前絕後的研討會；其中十七人已經或將獲頒諾貝爾獎，包括保羅．狄拉克、沃夫岡．包立、馬克斯．普朗克和居禮夫人，後者還贏得兩次諾貝爾獎，並且與亨德里克．勞侖茲（Hendrik Lorentz）和愛因斯坦一起帶領研討會委員小組。

儘管這場研討會的主題是「關於電子和光子」，所有的人都很清楚真正的目的是剖析量子力學，因為這門科學已經撼動了物理學原本堅實的理論根基。

第一天所有人都發表看法。除了愛因斯坦。

第二天早上，路易·德布羅意解釋他新的「導航波」理論，把電子比喻為衝浪者，它的移動像攀抵波的浪尖。他被薛丁格和哥本哈根的物理學家毫不留情抨擊。德布羅意無力替自己爭辯。他望向愛因斯坦，但是後者沉默不語，接下來，生性靦腆的小王子只好閉上嘴巴度過這一回合。

到了第三天，量子力學的兩派開始對立。

薛丁格自信滿滿替自己的波動方程式辯護。他解釋他的波能夠完美表述一個電子的舉動，但他承認，若要呈現兩個，至少需要六維。薛丁格深深相信他的波可以是真實的，不僅僅是機率分布，但是無法說服其他人。他介紹到最後，海森堡自告奮勇替他總結：「薛丁格先生認為，我們要再琢磨知識，才能以三維解釋和理解他的多重維度理論的結果。我從他的計算看不到能夠證明這個期待的東西。」

下午時間，海森堡和波耳介紹他們版本的量子力學，這個版本最後以「哥本哈根詮釋」為人知。

他們對聽眾說，現實不能脫離觀察的行為。量子物體不具有內在性質。電子除非被測量，不然不會在固定的位置；它只有在測量的瞬間出現。測量之前，它沒有任何屬性；觀察之前，根本無法想到它。它只有在某個特定工具檢測時，才會以某種特定方式存在。在這一次和下一次的測量之間，問它是怎麼移動，它是什麼，或在哪裡，是沒有意義的。粒子並不存在，就像佛教中的「月亮」；而測量行為把粒子變成一個真實的物體。

他們提出的論點打破認知。物理學該擔心的不再是現實，而是我們要怎麼描述現實。原子和它的基礎粒子與日常生活中的物體，並不屬於同一個種類。海森堡解釋，它們存在於一個可能性的世界：它們不是物體而是機率。從「可能」轉變成「真實」，只發生在觀察或測量的動作中。因此，量子現實無法單獨存在。如果是以波測量，就會以電子現身；如果以粒子測量，就會以粒子形態出現。

接著，他們又往前邁進一步。

這些限制不是理論性的：不是模型缺陷、實驗限制或技術問題。很簡單的就是那裡不存在一個科學可以研究的「真實世界」。海森堡跟他們解釋：「當我們談當代科學，我們談的是我們跟大自然的關係，我們的身分並不是客觀獨立的觀察者，而是人類和世界這場遊戲的演員。科學已經無法用過去的方式面對現實。分析、解釋和分類世界的方法，已經顯露它的局限性：這是由於干預的舉動改變了研究對象本身。科學照亮世界的光，不只改變我們對現實的看法，也改變基礎單位的行為。」科學方法和它的研究目標已經密不可分。

這兩位哥本哈根詮釋的創立者以絕對主義者的定論結束了這場介紹：「我們認為量子力學是一個封閉理論，它的物理和數學的假設已經不可能再修改。」

這已經超過愛因斯坦所能容忍的範圍。

這位反傳統的物理學家拒絕接受如此翻天覆地的改變。如果物理學不再談一個客觀的世界，那就不只是觀點的改變而已，而是背叛科學的靈魂。在愛因斯坦看來，物理學不能光講可能性，「應該」講述原因和結果。他拒絕相信世界的事件都遵從一種違反常理的邏輯。不能只追捧偶然，拋棄自然法則的概念。一定有更深一層的東西。某個他們還不知道的東西。某個尚未發現的可變因素，能夠一掃哥本哈根派吹起的疑雲，揭露隱藏在次原子世界的隨機行為下的秩序。他深信這一點，並花了整整三天整理一連串似乎能扳倒海森堡測不準原理的可能狀況，而這個原理是哥本哈根派物理學家的推論基石。

每天早餐時間（和正式討論同時進行），愛因斯坦會提出他的謎題，到了夜晚，波耳就會拿著解答出現。他們倆的明爭暗鬥已經主導研討會，將物理學者分為不肯妥協的兩派，但是在最後一天，愛因斯坦不得不退讓。他無法從波耳的推論找到任何矛盾之處。他不甘心的認輸，並把他對量子力學的恨意濃縮成一句在往後歲月不斷被重提的話，那就是他在離去前對波耳啐出的話。

「上帝不和宇宙擲骰子！」

後記

愛因斯坦和德布羅意一起從布魯塞爾返回巴黎。下火車後，他給德布羅意一個擁抱，告訴他別太沮喪，要他繼續研究他的理論；他確實走在正確的路上。但是德布羅意在那五天失去了某種東西。儘管他憑著那篇關於物質波的博士論文，在一九二九年獲頒諾貝爾獎，卻對海森堡和波耳的見解甘拜下風，接下來的職涯，他屈就一個單純的大學教授，他的羞怯，讓他和所有人多一層隔閡，連他最親愛的姊姊也無法剷除這一道隔開他和世界的圍籬。

愛因斯坦變成量子物理學的最大敵人。他一試再試，想找到一條重返客觀世界的道路，他尋尋覓覓，想找出一種隱藏的秩序，結合他的相對論和量子力學，他希望能驅逐滲透到最精確的一門科學中的隨機性。他在寫給一位朋友的信中提到：「這套量子力學理論，在我看來是抵達癲狂境界的系統，是聰明過頭的瘋狂。甚至是一杯支離破碎理論的調酒。」他傾盡全力想找到一套標準化的真正偉大理論，無奈一直到死前都沒做到，愛因斯坦和新世代格格不入，但依舊備受所有人尊崇，大家似乎接受幾十年前在索爾維研討會上，當波耳在聽見愛因斯坦吐苦水，對於有關上帝的骰子的回答：「我們的位置不在告訴上帝怎麼管理世界。」

到後來薛丁格也恨起量子力學。他發明一種精心製作的心理實驗，也就是思想實驗，結果產出一個顯然不可能存在的生物：一隻同時活的也是死的貓。他的本意是想要讓大家看見這種思考方式的荒謬特性。哥本哈根派的支持者對薛丁格說，他說的一點都沒錯：結果不但荒謬，也是矛盾的。但卻是正確的。薛丁格的貓正如任何基礎粒子，既是活的也是死的（至少在測量之前），最後他的名字和這個流派的理論永遠連結在一起，儘管他否認是他推波助瀾而創立。薛丁格對於生物學、基因學、熱力學，和廣義相對論有諸多貢獻，但是都比不上他待在赫爾維希醫生的療養院六個月所耕耘的成果，而他再也不曾回去那個地方。

他一生享譽盛名，直到一九六一年一月，他在維也納最後一次肺結核病發而過世，享年七十三歲。

他的方程式依然是現代物理學的基石，雖然說在百年內還沒有人能破解波函數之謎。

海森堡在二十五歲時榮獲萊比錫大學教授一職，是德國史上最年輕的教授。一九三二年，他因為創立量子力學獲頒諾貝爾獎，一九三九年，納粹政府下令他研究製造核彈的可能性；兩年過後，他總結德國並沒有能力研發這種武器，任何敵對國家也沒有能耐，至少是在戰爭期間，因此他難以相信廣島天空的核爆消息。

海森堡餘生持續發展引起爭議的研究，他被認為是二十世紀最重要的物理學家之一。

他的測不準原理到目前為止熬過了所有的考驗。

終章

夜間園丁

El jardinero nocturno

1

那是一場植物瘟疫，一棵樹傳染給另一棵樹。這種無形的腐爛，是殘酷的、無聲的、看不見的，躲藏在世界看不到的角落。是不是從地底的最深黑暗處冒出？還是那些最不起眼的小生物帶出地面？難道是真菌？不對，那散播的速度比起孢子還要快，而且啃噬樹木的根部，棲息在樹木的心臟。那是一種遠古的爬行類惡魔。殺掉它。用火殺掉它。燒死它，看著它燃燒，剷除所有遭感染的山毛櫸，經歷時間考驗的巨大的冷杉和櫟樹，它們的軀幹遭到百萬昆蟲大軍啃噬只剩殘枝。此刻死亡的腳步逼近，所有植物病得奄奄一息，杵在原地垂死掙扎。燒掉它們吧，看著它們燒出的火舌舔向天空，否則這場惡疾將會吞噬世界，靠死亡裹腹，吞掉綠意留下死灰。現在閉上嘴巴。聆聽。聽清楚它是怎麼蔓延。

2

我是在山上認識他的，那是一座小村莊，除了夏季的幾個月外，平時杳無人蹤。我正帶著狗散步，那時是夜晚，我看見他在他的花園掘土。我的狗從他那塊地的灌木叢圍籬下面鑽過去，在漆黑中跑向了他，化為月光下一抹小小的白光。那個男人彎腰撫摸牠的頭，接著單膝跪下，搔搔我的寵物仰臥的肚子。我向他道歉，他對我說沒問題，說他喜歡動物。我問他是不是在夜晚整理花園。他回答沒錯，說這是一天中最恰當的時間。這時樹木已經沉睡，它們的感覺比較沒那麼強烈，在移植時，就不會那麼痛苦，就好像打麻醉睡著的病患。他告訴我，我們對植物應該保持警戒。他小時候很怕一棵橡樹。他的奶奶在樹上的一根枝椏上吊過世。他告訴我，當時那棵樹健康、強壯而且十分茂盛，如今在六十多年過後，它巨大的軀幹滿布寄生蟲，從裡面逐漸腐爛，嚴重的程度到了他知道很快就得砍樹，因為樹比他家的屋頂還高，冬天的一場暴雨一來，可能就會壓壞房子。然而，他沒有足夠勇氣拿起斧頭砍倒巨樹，因為它是遼闊的原始森林還碩果僅存的樣本之一，那片森林曾經如此幽暗、美麗而令人畏懼，村莊的拓荒者砍掉森林，蓋起他們的家園。他指向那棵樹，但是我只看見樹在黑暗中恍若巨人的暗色輪廓：他告訴我，腐爛的樹已半死不活，但是還在生長。他說，蝙蝠住在樹的裡面，蜂鳥倚賴寄生在最高處枝椏的兩性花長出的猩紅花朵維生，那是寄生灌木，他奶奶每年修剪，就是為了看它以更旺盛的生命力長芽和開花，吸飽樹幹的汁液，釀造出灌醉成群鳥禽昆蟲的花蜜。不過我不知道她為什麼自我了結生命。這是家族祕密，所以他們從沒告訴我她是自殺，我當時還小，不過五歲或六歲吧，但幾十年過後，當我的女兒出生，我年老的奶媽，也就是當我媽媽去工作時照顧我的婦人，她對我說：你的奶奶就是半夜在這根枝椏上吊死的。真可怕，真恐怖，他們不准我們把遺體卸下，要我們等到警察來，至少他們是這麼說的：「不准卸下，就讓她掛在那裡。」但是你爸爸不能忍受她掛在那裡，所以爬上了樹，越爬越高——沒有人知道她為什麼能爬那麼高，解開她脖子上的繩索。她的身體穿越枝椏掉落，墜落地面時發出一聲悶響，彷彿死了之後比活著還要重上兩三倍。你爸爸拿起斧頭想砍樹，可是你爺爺不准他這麼做：他說她一直很愛這棵樹。她看著樹長大，親自照顧它，給它施肥、澆水和修剪，操心大小問題、疾病和寄生蟲，以及樹幹出現的真菌或色斑。男人對我說，所以他們留下樹，讓它繼續佇立在那裡，儘管我們遲早會迫不得已砍倒它。

3

隔天早晨，我帶著七歲女兒到森林裡散步，在半路上撞見兩條死狗。牠們是被毒死的。我從沒看過類似的事發生。我在川流不息的高速公路上看過支離破碎的狗屍，見過遭受野狗群攻擊後肚破腸流的貓屍，我甚至曾親手宰殺一頭小羊，當著高卓牛仔的面前，將小刀深深刺進喉嚨，只剩下刀柄露在外面，讓他們將小羊釘在十字架上，再插在火堆旁烤肉，但是這些死亡不管再怎麼令人作噁，都不及被毒殺的模樣。第一條狗是德國牧羊犬，牠躺在穿越森林的一條小徑的半路上。牠張著嘴，露出發黑腫脹的牙齦，舌頭垂在外頭，比正常還要腫上五倍，血管暴張到了極點。我小心翼翼往前，交代女兒別跟過來，但是她忍不住好奇心，緊貼著我的後背，把小臉藏在我的夾克間，從後面探出頭一瞧究竟。那條狗四腳朝天，都已經僵硬，腹部鼓起的脹氣把肚皮撐大，彷彿懷孕婦女的肚子。整具狗屍看起來就要爆開，把內臟灑在我們身上，但是嚇壞我的是狗的表情，某種難以想像的疼痛扭曲了牠的五官。牠必定垂死掙扎到了極限，甚至連死後都像是還在哀號。第二條狗在距離二十公尺外，躺在小徑的一側，半掩在雜草之間。那是一條雜種狗，米格魯和保沙瓦獵犬混血，頭部的毛色是黑的，身體是白的，一定是跟第一條牧羊犬一樣被同樣的毒害死，但毒發後並沒有飽受折磨到臉部變形。要不是牠的眼皮覆蓋蒼蠅，我可能會誤以為牠只是睡著。我們不認識第一條狗，但是第二條是跟我們很要好的狗；我的女兒從四歲起就和牠玩在一塊兒，牠曾陪伴我們散步，或到我們家前抓門板討一些剩飯吃。女兒叫牠斑塊，她認出狗的當下沒哭，可是當我們離開森林小徑，到了一處空地，她倒在我的懷裡哭了。我盡其所能緊緊抱住她。她對我說，她看到狗的模樣感到害怕——跟我一樣的恐懼，牠是我所認識最溫馴、貼心和可愛的一條狗。她問我為什麼，為什麼有人毒死牠們？我說我不知道，但有可能是個意外；人們會在花園使用許多毒化學藥劑，毒老鼠、蝸牛和蛞蝓，所以村裡有很多美麗的花園。或許那兩條狗不自覺誤食一點毒藥，或許牠們逮到一隻昏頭轉向的老鼠，人們會在他們房屋四周的塑膠排水管放置浸泡過毒藥的蠟塊，而那隻老鼠咬過後奄奄一息。我沒告訴她，這是每年都會發生的事。一年會發生一兩次狗暴斃的事件。有時只有一條狗，有時好幾條一起，但一定會發生在夏初和秋末。一年四季都住在這裡的人知道，是他們其中一個幹的，是村裡的居民，但是沒有人知道是誰。他或者她會撒下氰化物，接下來兩個禮拜，我們會在街道或路上發現橫躺的狗屍。幾乎都是雜種狗和流浪狗，因為許多住在鄰近地區的居民會上山棄養他們不想要的狗，但是我們的狗也跟著不幸遭殃。有幾個嫌疑犯，他們曾有撂下威脅的記錄。其中一人是我們的鄰居，這個男人跟我住在同一條街，他曾對我的一個朋友說，要我把狗拴好。難道我不知道有人每年夏天都在毒狗？他家離我家僅隔三間房子，但我從沒跟他說過話，我只看過他幾次站在他的汽車前抽菸。他跟我打招呼，我會回以招呼，但是我們沒說話。

4

我對於花園生長速度感到失望。山上的冬季天氣嚴峻，春季和夏季過短又太乾，我的花園裡的土壤貧瘠，因為底下是瓦礫堆。前屋主用垃圾廢棄物整平地面，再蓋小木屋賣給了我，所以每隔一陣子，當我挖土想種花和樹，就會挖到瓶蓋、水泥碎塊、電線和攪碎的塑膠片。我大可施用大量的肥料，但是我喜歡我的樹的模樣，儘管長得並不高。它們的根部無處可長：我在垃圾上面鋪設密實的石灰和黏土，只覆蓋一層薄薄的土壤，所以大多數的樹都長得矮小，有一種盆栽氣息的美感，但不論如何就是停止生長了。夜間園丁告訴我，發明現代氮肥的科學家是一個叫佛列茲．哈伯的德國化學家，他也是創造大規模毀滅性武器的始祖，也就是第一次世界大戰期間倒進戰壕的氯氣。他的淡綠色有毒氣體殺死幾千人，不計其數的士兵抓傷他們的喉嚨，而氣體在他們的肺部冒泡，害他們淹死在自己的痰和嘔吐物裡，與此同時，他成功從遍布大氣層空氣的氮提煉化肥，拯救千百萬人免於饑荒，養活我們現在爆炸成長的人口。如今氮無所不在，但是在過去幾個世紀，曾爆發想獨占蝙蝠糞便的大規模戰爭，而小偷洗劫埃及法老王的墓穴，偷的不是黃金也不是珠寶，而是藏在木乃伊和數千名陪葬奴隸屍骨中的氮。據夜間園丁說，馬普切人磨碎敵人的骨骸後，把骨灰當作肥料撒在他們的農地，他們總是在大半夜行動，趁著樹木在沉睡之際，因為他們相信，有一些樹如冬木和南洋杉，能夠看透戰士的靈魂，掠奪他們最深處的祕密，再透過森林的樹根散播出去，那兒的蕈菇泛白的菌絲會對著植物的根莖竊竊私語，在全族的面前玷污戰士的名聲。他的祕密一旦被揭穿，赤裸裸地暴露每個人眼前，他就會開始慢慢枯萎，從裡到外乾癟，不知道是什麼原因。

5

這座小村莊建立的方式令人匪夷所思。不管你走哪條路，都一定會走到森林的一小塊林地，就隱藏在較下方靠近邊界處，是少處幾個逃過火吻的區塊，那場九〇年代末期的巨大火災燒毀了大部分的森林，甚至危及村莊的存活。燒得劈啪響的火焰吞噬一切。一直燒到幾乎沒東西可燒才熄滅。重新種植的樹木以松柏為主，但一些原生物種從此消失，除了這一小塊綠洲林地，那雜亂的野生風景，與四周修剪整齊的樹籬和景觀花園形成強烈對比。這兒對我有一種不可思議的吸引力，拖著我往下走，直抵一條通往潟湖的老舊道路。我曾經多次整天耗在這裡探索，遊走在樹木之間，總是只有我一個人，不知道原因，當地居民似乎會避開這一區，而外地人和夏天租屋避暑的有錢家庭偶爾會來這裡，或者只是在經過時遠遠看一眼。這塊地中央有一個石灰岩鏤刻成的小洞穴。夜間園丁告訴我，多年前村裡有一個苗圃，苗圃主人就在永遠陰暗的洞穴口存放種子。此刻那兒是空的，只有幾個青少年會去藏匿他們的保險套盒子，或者我會把觀光客遺留的紙類垃圾掩埋在那裡。再過去一點就是潟湖，這裡聚集一戶戶人家，就坐落在一小塊湖景邊。這是一座人造湖，但更像是一個池塘而不是湖泊，仿自然的景色足以吸引十幾隻鴨子來築巢。湖的南邊有一隻紅尾鵟巡視，在中間的對面岸邊是一隻白鶴，那兒顏色比較深比較像是溼地。每逢夏季的幾個月，幾條小溪潺潺，替森林注入生氣，但是不久後就會乾涸，溪床上開始長出雜草，完全不見溪流蹤跡，彷彿從來不曾存在。潟湖已經幾十年沒結冰；我聽說最後一次結冰是皮諾契特剛上台掌權時，那時有個小孩踩破結凍的薄冰，跌進湖裡淹死，然而沒人能告訴我，那孩子叫什麼名字。或許那只是一個告誡孩子們不要在夜晚靠近潟湖的故事，而故事流傳至今，即使氣候變遷，湖水不再結冰。

這座小村莊是由一群歐洲移民建立的。這裡的氛圍完全不一樣，就像是異地，與國內其他地區都不同，儘管在南部的某些小城市還是可以見到金髮碧眼的小孩奔跑，摻雜在我們這些都是馬普切人和西班牙人混血的麥士蒂索人之間。這裡藏身在山上的最高處，建造當時的目的是作為庇護所。我覺得智利最不可思議的一件事是我們討厭高山。我們不住在高山上。安地斯山脈是一把穿越我們脊椎的劍，但是我們忘記如同獨眼巨人的山峰，定居在山谷和海岸，彷佛國家上下都罹患了一種無法控制的眩暈症，一種畏懼高度的病，讓我們無法享受壯麗河山最叫人驚嘆的特色。距離這裡不到一個小時，有一座巨大的軍營，那兒剛好是從高速公路轉進一條開始爬升的泥土路口；我買的小屋就是一個退伍的陸軍中尉蓋的。我出於好奇，稍微調查一下他的背景，我找到幾條報紙的消息，上面寫著他被控在獨裁政府期間參與幾樁政治囚犯失蹤案。我只見過他兩次，第一次是他帶我參觀屋子，再來是我們簽約時。當時我還不知道他已經重症末期，雖然我曾因為屋子售價過低而心生懷疑。他在不到一年後就過世。夜間園丁告訴我，他是個滿腹妒恨的人，全村莊的人都討厭他。他散步時，腰部會帶著昔日的老左輪手槍，他拒絕支付替他修理房子的工人費用。當我們搬進屋子時，我在客廳的一張桌子上發現一顆缺少撞針的手榴彈。後來我再怎麼回想，也想不起來最後是怎麼處理掉的。

6

夜間園丁從前是個數學家，現在他講起數學，就像是戒酒的酒鬼聊喝酒，懷著既渴望又恐懼的情緒。他告訴我，他原本前途似錦，但是他在了解亞歷山大．格羅騰迪克的成就後辭掉工作，這個六〇年代的數學鬼才革新了幾何學，那可是繼歐幾里得之後無人能及的事蹟，後來不知怎麼著，他在四十歲那年，國際聲譽正值顛峰時放棄數學，只留下一份震撼眾人的獨一無二遺產，那震波至今仍在他的領域的所有學派間蕩漾，然而，他拒絕爭辯也不再碰觸，一直到四十多年過後他嚥下最後一口氣的那天。格羅騰迪克就跟夜間園丁一樣，在人生道路走到半途時，拋棄他的家園、家人、世界和朋友，選擇如同僧侶的生活，隱居在庇里牛斯山區。這樣的舉動，就好比愛因斯坦在發表相對論之後離棄物理學，或者馬拉度納在贏得世界盃之後發誓不再碰足球。當然，夜間園丁決定告別社交生活，不僅是出於敬佩格羅騰迪克，也是因為經歷了痛苦的離婚，人生分崩離析，和他的獨生女疏離，以及醫生診斷他罹患皮膚癌，但是他堅認，這一切不管多麼痛苦都是次要的，因為他突然領悟，數學正在改變我們的世界，而不是原子彈、電腦、生物戰或氣候變遷末日，最快在幾十年內，我們將無法理解身為人類的意義，就這麼簡單。他對我說，並不是說我們曾經能夠理解，只是現在比以前更糟。我們能拆解原子，驚嘆於宇宙的第一道光，只用幾個方程式、神祕的塗鴉和符號預言世界末日，這些都是普通人所無法理解的東西，儘管主宰了他們生活的每一個部分。但是，不只是普通人而已：連科學家自己都不再了解這個世界。譬如，你看量子力學，這是我們人類物種頭冠頂上的珠寶，是精美絕倫的物理學，是我們的發明所抵達的最高境界。它隱身在網路之後，操縱我們的手機，保證一種只有神的智慧能夠比擬的計算能力。它顛覆我們的世界，使之面目全非。我們知道怎麼駕馭它，讓它以近乎奇蹟的方式運作，然而在地球上，沒有任何人，不管是死是活，能夠真正了解它。人類的心智無法與它的矛盾和悖論抗衡。物理學像從太空墜落地球的巨岩，我們只是像猴子一樣在它的四周爬行，和它玩耍，對它扔石頭和棍棒，卻對它一無所知。

因此，現在他專注照顧他的花園，同時也維護村裡其他人的花園。據我所知，他沒有朋友，他在鄰居眼中是怪人，但我喜歡想像我們是朋友，因為他偶爾會在我家外面放一桶堆肥，當作禮物送給我的植物。我家的花園裡有一棵老檸檬樹，頂著枝椏密密交織的樹冠。不久前，夜間園丁問我知不知道柑橘屬植物最後會怎麼死：如果能撐過乾旱、疾病，和不計其數的蟲害、真菌和天災，到老時會結實纍纍而亡。檸檬樹在抵達生命終點，最後一次開花結果，將是豐碩的果實。這種樹在生命末了所長的苞會開出巨大的成串花朵，那濃郁的香甜氣味飄散在空氣中，讓你隔著兩個街區就能感到喉嚨和鼻子發癢；而所有的果實一鼓作氣成熟，重到壓垮整根樹枝，幾個禮拜後，樹的周圍滿地都是腐爛的檸檬。他對我說，真是奇怪啊，竟然在死亡前演出如此豐盛的一幕。這在動物界也是可以想像的，數百萬條鮭魚在倒落氣絕前交配，或者幾千幾百萬條鯡魚用牠們的精液和魚卵，把長達數百公里的太平洋沿岸海水染成白色。可是樹木是非常不同的生物體，如此旺盛的繁殖力，不像是植物本身，而比較接近我們人類，過度的成長到了失控的地步。我問他，我的檸檬樹還剩多少壽命。他說這是沒有辦法知道的，除非砍倒樹幹查看年輪。但是，誰會想幹這種事？

謝辭

感謝康斯坦莎・馬丁尼茲（Constanza Martínez），她和我討論書中的每個細節，做出無價的貢獻。這是一本根據真實事件寫成的虛構作品。虛構的部分隨著本書越到後面占據越重的比例；譬如在〈普魯士藍〉只有一段虛構，但在接下來的篇章，我改採比較自由的方式，但仍努力忠於每一篇的科學理論。至於〈心中之心〉的其中一個主角望月新一，他的故事比較特殊：我從他的研究成果的幾個方面汲取靈感，進而深入探索亞歷山大・格羅騰迪克的內心，但是對他個人、傳記和他的研究，大部分是虛構的。這部作品採用的故事和傳記，大多數都可以在下面幾本書和文章找到，我也想藉此感謝所有作者，儘管完整列出來有點太長：

華特・摩爾《薛丁格的人生和思想》（暫譯）

Walter Moore, *Schrödinger: Life and Thought.*

曼吉特・庫馬爾《量子理論：愛因斯坦與波耳關於世界本質的偉大論戰》（暫譯）

Manjit Kumar, *Quantum: Einstein, Bohr, and the Great Debate About the Nature of Reality.*

約翰・康拉德・迪佩爾《肉身的疾病和解方》

Christianus Democritus, *Maladies and Remedies of the Life of the Flesh.*

約翰．葛瑞賓《薛丁格與量子革命》（暫譯）

John Gribbin, *Erwin Schrodinger and the Quantum Revolution*.

薛丁格《我的世界觀》

Erwin Schrödinger, *Mein Leben, meine Wissenschaft: Die Autobiographie und das philosophische Testament*.

亞歷山大．格羅騰迪克《收穫與播種》

Alexander Grothendieck, *Récoltes et Semailles*.

亞瑟．I．米勒《薛丁格的情色、美學和波動方程式》（暫譯）

Arthur I. Miller, Erotica, Aesthetics and Schrodinger’s Wave Equation, in *It Must Be Beautiful*

維爾納・卡爾・海森堡《物理學和哲學：現代科學的革命》（暫譯）

Werner Heisenberg, *Physik und Philosophie*.

大衛・林德利《測不準原理：愛因斯坦、海森堡、波耳和科學之魂的奮戰》（暫譯）

David Lindley, *Uncertainty: Einstein, Heisenberg, Bohr, and the Struggle for the Soul of Science*.

溫弗里德・沙勞《誰是亞歷山大・格羅騰迪克？無政府主義、數學、靈性和孤獨》（暫譯）

Winfried Scharlau, *Wer ist Alexander Grothendieck? Anarchie, Mathematik, Spiritualität - Eine Biographie: Teil 1: Anarchie*.

伊恩・克蕭《希特勒神話的意象與真實：德國人民眼中的元首》

Ian Kershaw, *The 'Hitler Myth': Image and Reality in the Third Reich.*

瑟巴爾特《土星環》（暫譯）

W. G. Sebald, *Die Ringe des Saturn. Eine englische Wallfahrt.*

卡爾・史瓦西著作全集

Karl Schwarzschild, *Gesammelte Werke,* hrsg. Hans-Heinrich Voigt.

傑瑞米・伯恩斯坦《不情願的黑洞理論奠基者》（暫譯）

Jeremy Bernstein, The Reluctant Father of Black Holes, in *Scientific American*, vol. 274, No. 6.

國家圖書館出版品預行編目資料

當我們不再理解世界 / 班傑明・拉巴圖特 (Benjamín Labatut) 著 ; 葉淑吟譯 . --
初版 . -- 臺北市：商周出版：英屬蓋曼群島商家庭傳媒股份有限公司城邦分公司發行 , 2025.05
面；　公分 . -- (新小說 ; 26)
譯自 : Un verdor terrible
ISBN 978-626-390-512-2 (平裝)

885.8157　　114004313

線上版讀者回函卡

當我們不再理解世界

Un verdor terrible

作　　者／班傑明・拉巴圖特Benjamín Labatut
譯　　者／葉淑吟
責 任 編 輯／余筱嵐

版　　權／游晨瑋、吳亭儀
行 銷 業 務／林秀津、吳淑華
總　編　輯／程鳳儀
總　經　理／彭之琬
事業群總經理／黃淑貞
發　行　人／何飛鵬
法 律 顧 問／元禾法律事務所　王子文律師
出　　版／商周出版
115台北市南港區昆陽街16號4樓
電話：(02) 25007008　傳真：(02)25007759
E-mail：bwp.service@cite.com.tw
發　　行／英屬蓋曼群島商家庭傳媒股份有限公司 城邦分公司
115台北市南港區昆陽街16號8樓
書虫客服服務專線：02-25007718；25007719
服務時間：週一至週五上午09:30-12:00；下午13:30-17:00
24小時傳真專線：02-25001990；25001991
劃撥帳號：19863813；戶名：書虫股份有限公司
讀者服務信箱：service@readingclub.com.tw
城邦讀書花園：www.cite.com.tw
香港發行所／城邦（香港）出版集團有限公司
香港九龍土瓜灣土瓜灣道86號順聯工業大廈6樓A室；E-mail：hkcite@biznetvigator.com
電話：(852) 25086231　傳真：(852) 25789337
馬新發行所／城邦（馬新）出版集團 Cite (M) Sdn. Bhd.
41, Jalan Radin Anum, Bandar Baru Sri Petaling, 57000 Kuala Lumpur, Malaysia.
Tel: (603) 90563833　Fax: (603) 90576622　Email: service@cite.my

封 面 設 計／陳文德
排　　版／芯澤有限公司
印　　刷／韋懋印刷事業有限公司
總　經　銷／聯合發行股份有限公司
電話：(02)2917-8022　傳真：(02)2911-0053
地址：新北市231新店區寶橋路235巷6弄6號2樓

■2025年5月8日初版　　Printed in Taiwan
定價400元
Original title: Un verdor terrible
Author: Benjamín Labatut

版權所有，翻印必究 ISBN 978-626-390-512-2　電子書ISBN 978-626-390-513-9（epub）